LOVE DEATH + ROBOTS

THE OFFICIAL ANTHOLOGY

VOLUME 4

爱，死亡和机器人

— 4 —

【美国】约翰·斯卡尔齐 等 著　　耿辉 等 译

译林出版社

前言

多年前我收到一封版权代理人的邮件，内容是“嗨，有人想要为一部潜在的电视动画短片剧集购买一些你的短篇小说改编权”。对此我感到有些激动。以前我有长篇小说卖出过改编权，甚至是一些长中篇小说。可是我从没觉得短篇小说会被改编成电影或电视剧。极为坦率地说，它们只是看起来有点儿，怎么说呢，篇幅太短，不适合改编。不过我同意了，因为君子爱财。就这样，我发觉自己要跟蒂姆·米勒见面谈谈，他是《爱，死亡和机器人》的联合创始人（当然，另一位是大卫·芬奇），这将是我们初次见面。

我对蒂姆的了解都来自 IMDb（互联网电影数据库）

个人主页，那上面标注着他是《死侍》的导演，还跟当时以制作视频游戏闻名的模糊工作室合作。我决定下次去洛杉矶时跟他碰面，看看他是何许人也。

结果我发现他虽然性格古怪，但挺讨人喜欢。我想说他是一个有很多文身的魁梧汉子，刚好有种直截了当的风格，而且显而易见的是，他极为了解科幻小说，知道谁写了什么，懂得科幻是怎么回事。这一切让我觉得，他这个人对故事感兴趣不仅是为了做生意，还是出于个人品位和热情，这使得我与他的合作轻松了许多。

把我这些短篇小说改编成动画短片经历了漫长的过程，其间我最喜欢蒂姆的一点是之前提到的坦率作风。有些事情他直言不讳，那不一定是你愿意听到的想法。他不会成为一个极其讨厌的混蛋，只会告诉你他的想法，不过与此同时，当你向他提出自己的意见，给出自己的想法，根据他特定的观点据理力争时，他也许会认同，也许不会，但他绝对会倾听。当他确实倾听时，他也许会采纳你的想法。

基于我作品的短片开发工作把我也纳入在内，我真的喜欢这种感觉。它们最终呈现出来的时候，不会让我看在眼里并大吃一惊。它们的背后是大量工作，凝聚了很多人的努力，我也刚好参与其中。

我告诉人们的一个内情就是，从那些小说被选择改编，差不多到此时此刻写这篇前言，我在《爱，死亡和机器人》的影视工作经历大有裨益，这在很大程度上要归功于蒂姆·米勒和他在模糊工作室的团队。这是一段非同寻常的旅程，很高兴我们所做的一切，在网飞剧集最终播出的几周之后，仍在持续散发着生命力。

所以我希望，此刻阅读这些短篇小说的你们跟选出作品时的蒂姆·米勒一样喜欢它们，我希望你们把这些小说当成创意工作连续体的一部分，由我们所有人呈现给你们。感谢阅读。

约翰·斯卡尔齐

目　录

暴龙的尖叫

斯坦特·利托尔

1

看我。看我表演。我光着身子走到镜头底下，身旁是我的竞技者姐妹们，炽热的沙子烧灼我的双脚，但纳米虫已经开始工作，让足底变得坚韧，习惯这样的环境。七年来，它们一直在改造我，夜复一夜，周复一周——提高我的速度、力量、性魅力。为了这个时刻。

我的姐妹们唱起婚礼之神海曼的赞歌，但我只是跟着歌声动嘴唇。沉默使我感到安全，让我有时间做好准备，抬起头仰望你们每一张脸。从我的视角看，你们的宝座就像肥皂泡——高高地悬在我头顶上的肥皂泡，里面是圆形的小平台，你们坐在平台上。搭载摄像机的微型无人机嗖嗖飞过，屏幕在气泡周围的空中缓缓旋转，我们的面容和身体被投射到屏幕上，这样你们就能看见我们和我们致敬的对象了。我们站在这个钢铁圆筒里，沙地沿内壁的弧线朝左右两侧向上弯曲；你们的气泡再往上，高处依然是沙地：尽管我们感觉不到运动，但我们在太空中旋转；是旋转把我的双脚禁锢在沙地上。然而重力不是枷锁，而是一个幻觉。再过一会儿，我就会在空中飞舞和跳跃，与我的姐妹们一较高下，任何锁链都束缚不了我——无论是重力还是其他东西。你们会看到我的本事。

这是个私家恐龙赛场，被包下来举行比赛，用来庆祝艾米·马多尼亚女公爵和利奥·阿奇博尔德三世男爵的婚礼。今晚是最后一场；尊贵的新人已经成婚，出发前往闺阁太空站；我和巨兽们将要为他们留下的宾客表演。据说假如在圆房的同时，一只巨兽发出它垂死前的惨叫，那么这场婚姻就会是美满的。当然了，和所有的仪式一样，每个环节的时机都必须卡得非常精准。无线电播报员准备好了向闺阁站转播比赛，夫妻俩会安排好性事的时间，直到赛场上第一次决出胜负，新郎才会夺走女公爵的贞操。

宇宙中的万物都渴望完美的形态和布局，这是我的训练员教给我的。一切事物的本质都是反秩序和狂野混乱的，因此必须被限定在密不透风的钢铁墙壁和一板一眼的仪式之中；只有这样，人类才能变得美丽和完整。性，从本质上说是不受控制的。笑和敌对行为也一样。很快就要和我一起在竞技场上奔跑的野兽，它们是终极的反秩序本能，是遏制失控冲动的终极象征，也是野性和有机生命屈从于特定审美观的终极象征。

我的身体是另一个象征。我在这里等待，摆出完美的姿态，拎着钩爪和连接钩爪的长索，已经准备就绪，我能感觉到我的胸部在微微变形，那是因为纳米虫在增大和抬高它们，以供你们观赏。我的皮肤油光光、滑溜溜的，并不是因为我给自己涂了油膏，而是我体内的微型机器在调制我的皮肤，以供你们的摄像机拍摄。我身上文着我的刺青，那是我的徽标，我允许自己偷偷微笑：因为那个徽标是我的，是我全身唯一不属于你们的东西。徽标是三只森林狼的形象，一只从我的大腿跃起穿过腹部，另外两只跑过我的乳房。我出生在中国，那里没有森林狼。不过我九岁时看过一段它们的录像。森林狼在雪地里奔跑：美丽的动物，已经消失的动物。它们从不落单，而是共同生活。它们一起奔跑，一起狩猎。

也一起死去。

我反复观看那段录像，欣赏它们狩猎时充满野性的完美姿态，它们转身时动作整齐如一，脚下溅起的积雪仿佛水花，吐出的气息凝固在半空中。

在你们的眼中，我的徽标彰显我的凶残，宣扬我的异国情调和半野生身份，性感而狂野。我的徽标、我的赤裸、我在沙地上的姿态——这一切都把我和你们区分开来，孤立我，把我变成你们渴求的事物：一只受过完美训练、身体像是雕刻出来的动物，而不是一个人。你们想看我。你们想随着我的行动而欢呼。你们想和我上床。我是你们的森林狼。

但对我来说，我的徽标是我秘密而禁忌的祈祷。

我对族群的渴望。

2

新人已经脱光了衣服，烛火照亮他们的身体——蜡烛是用真正的蜂蜡做的，来自真正的蜜蜂！想象一下那是多么奢侈吧！他们的形象投影在我们头顶上的虚拟屏幕上，比泰坦巨人还要高大，三世男爵一脸狞笑，女公爵不知所措，但催情药使得她面色潮红。两人单独在他的床边跳舞，比起即将在底下上演的好戏，他们的舞步编排得更加精确。我知道你们有些人在看他们——带着窥淫狂的兴趣，或者是崇拜和敬畏。但用不了多久，我就会让你们转不开视线了。

其他竞技者也想吸引你们的目光；她们在沙地上昂首阔步、装腔作势。除了我，今天的赛事只有另外三名竞技者。尽管你们来了几万人，但这毕竟不是爱国日的大赛，道理我明白，不过其他空间站和定居点应该还有更多的观众。我冷冷地站在那里，一动不动，拒绝扭头去看别的选手。我希望你们注意到我的轻蔑。我希望我的静止能吸引你们的目光。我要演好冰霜女王的角色，你们当中的男人会想要融化我，你们当中的女人会渴望成为像我一样的优雅和美的化身。我仔细考虑过这次表演。

再者说，我早就看够了其他选手的表现，无论是在温室星球的训练中，还是在木卫二冰冻海洋上空用来训练的小竞技圆筒里。我不需要再去看她们了；我知道她们的模样。鬣狗在跳跃，在空中旋转，不担心会浪费力气，因为纳米虫会让她永远充满能量，我能听见她每次落地时都会仰头吠叫，就像她徽标上的那种野兽。虎鲸的舞蹈更加诱人。蜂鸟跪在地上，双手合十，垂下脑袋，身体微微摇摆；她背上长着没有实际功能的精致翅膀，翅膀以极快的速度振动，给她肩胛背后涂上了一团模糊的色彩。她想把关于处女新娘的暗示传递给你，就好像她今天的表演是献给女公爵的某种独特礼赞。

号角吹响的时候，我只是弯腰蹲下，一只手张开插进面前滚烫的沙子里，抬起头，准备冲刺或飞跃。我能听见你们的吸气声。促使你们吸气的是我的姿态，因为你们从几个星期前就开始谈论终于能见到竞技场上的森林狼了。媒体对你们说，我比我的姐妹们更快、更狂野，也更凶残，我很可能更优秀。现在我用姿势向你们承诺，你们很快就会亲眼看见了。

头顶上的屏幕中，艾米女公爵在承受比她年长得多的丈夫的爱抚，然而你和我的目光都在沙地上。我看见前方不远处的沙砾像旋涡似的涌向地下，那是第一道翻板活门打开了——我听不见，你们的叫声淹没了一切声音——但我能看见黑黢黢的洞口，它通往这个充满沙子和热空气的人造世界的底部。第一头三角龙像鲸鱼破浪似的冲上地面，它响亮的叫声划破天空。我向前飞跃，开始奔跑，我的速度很快，比你能想象的还要快，穿过沙地跑向巨兽，我的竞技者姐妹们在我背后追赶。另外几头巨兽紧跟着第一头冲上地面，但我视而不见。我的钩爪在空中一闪而过，冰冷的金属钩住了巨兽面颊后侧的颈褶。就在它向后甩头的同时，我跳了起来，利用坐骑的动能和我自身的冲力把我带到它的背上，落下时我分开双腿，一只手伸向天空，以此炫耀胜利。我骑在它背上前后摇晃。巨兽咆哮着转了一圈，我从它的颈褶中扯下钩爪，抓着绳子转了几圈刀头，然后轻轻一甩，刀锋划过它的侧腹部，我的坐骑惨叫着在沙地上狂奔。我骑着飞奔的坐骑，你们在各自的泡泡里，一张张脸悬在我的头顶上。一个姐妹在我左侧跃入空中，我背后响起声声惨叫，我知道对手在追赶我。我会比她们所有人都跑得更快。

我们冲上恐龙赛场的漫长坡道，许多圈中的第一圈在脚下一闪而过。自旋模拟的重力很强大，但你们的掌声更加强大；犹如雷鸣！我可以踩着它高高跃起，一飞冲天，可惜我必须待在坐骑的背上。回头望去，我看见了虎鲸、蜂鸟和鬣狗，她们都有了各自的坐骑。鬣狗嘎嘎怪笑，蜂鸟在跳舞，她时而转圈，时而翻跟头，落下时用脚趾站在坐骑的肩隆上，翅膀化作光彩的条带，就像天空中的火焰。虎鲸全神贯注，注意力放在我身上，眼睛直视前方；她离我最近。三角龙在撼动地面，而且不止我们这四只，其他的三角龙在我们之间奔跑；为了转移你们的注意力，让你们暂时忘记鬣狗的欢叫和蜂鸟的杂技，我在另一只三角龙靠近时从我的坐骑背上跳了过去。我旋转钩爪，发动攻击，逼着它向前疯跑，无论我骑的是哪一只三角龙，我都要它跑到最前面去。虎鲸紧跟着我，高高跃起——越过我的头顶——飞向她的下一只坐骑。然后是其他人。

我们冲过光带和齐鸣的号角，它们标志着第二圈的开始。我和其他人在空中腾跃和飞旋，从一只坐骑跳向另一只坐骑。巨兽气得发狂，在我们脚下奔跑和挣扎。第一个在跳跃时出现失误的是虎鲸，她被颈褶绊了一下，但就在三角龙仰头怒吼的时候，她已经用双手抓住了龙角，绕着它转了半圈，借力重新跳上三角龙的后背。我瞅见一个机会，把钩爪的绳子套在我这只坐骑的角上，引着它在冲刺当中倒向一侧，虎鲸刚落在坐骑的背上，还没站稳脚跟，我的坐骑就撞了上去。她惊恐地看着我，但随即从三角龙的臀部翻了下去，一屁股坐在沙地里。我没有理会，只是把绳索的另一头绕在她那只坐骑的角上，将两只巨兽拴在一起，然后我空翻跃起，在两只坐骑之间来回跳动，从你们的喉咙里引出阵阵欢呼。我在炫耀，而你们喜欢这样——你们来看的就是这个。我们就是这么向女公爵和新郎的交合致敬的。与此同时，尽管我不愿意，但我还是在笑，笑得肆无忌惮，片刻不停：随着我腾跃和飞旋，响亮的笑声从我嘴里迸发出来。我感到浑身发烫，身体充满氧气和活力。请看我跳上一只三角龙的颈褶边缘——最外面的边缘——然后在那里跳舞，动作敏捷而灵活，我用光着的脚轻轻拍打它头部巨大骨盾的浑圆轮廓。请看我沿着它的口鼻侧手翻，单手抓住它鼻孔上方的那只角，岌岌可危地保持平衡，然后再跳回它眼睛上方的长角，在那里飞旋和转身，让你们大开眼界。看我！看我表演！

3

我们在赛跑，在恐龙赛场的内壁上绕着大圈你追我赶，踩过脚下红色的沙子。我们撞过第三圈的虚影彩带，蜂鸟第一，然后我，再然后鬣狗，最后虎鲸。你们都在欢呼，我听见有人尖叫“蜂鸟！”，有人尖叫“森林狼！森林狼！”，甚至还有人号叫和嘶吼，想要盖过仿佛光子飞船引擎启动的嗡嗡声，发出嗡嗡声的观众把赌注押在了我的对手身上。我咧开嘴，让喧闹声淹没了我，聚光灯扫来扫去，给我们涂上绚烂的色彩。高处的屏幕上，艾米女公爵在利奥·阿奇博尔德的怀里颤抖，但我根本不关心。你们宇宙的中心不是他们，而是我——我和另外三个女人，我们比宇宙里的其他所有人都更熟练、更灵活、更狡诈、更聪明和更敏捷。我们跟着我们的脉搏节奏跺脚，随着我们的呼吸节拍吟唱。一个镜头在向你们展示我们致敬的女公爵和男爵三世，但我们出现在一千个镜头里。你们在我们身上下了重注；你们知道我们身体的详细尺寸，你们推测我们的香水配方——为我们每个人专门调制的香水；你们知道我们的性幻想，更确切地说，命令我们讲述的那些性幻想。它们当然都是废话了；你们每一个年轻男人都幻想被我占有，但虎鲸比你们任何人都可爱和致命。

反正年轻男人也是我们的禁忌。大部分事物都是。我们在你们镜头前说的话，没有一句发自内心，一切都是为了你们而设计、塑造和熏陶的，就像我们自身。不能取悦镜头和你们的一切都被阉割掉了。甚至是我们的记忆。在木卫二的上空，他们在训练中尽可能剥夺了我们的一切，给我们穿上完全相同的连体紧身衣（在我们穿衣服的时候），禁止我们使用除卡尔提克语之外的任何语言，强制我们去自由与爱的姐妹女神的圣殿，禁止我们与外界交流，每晚早早地给我们吃镇静药，这样我们甚至连自己的梦都无法拥有了。

然而，我依然记得一些片段。

我记得竹子随风弯曲。母亲捧着茶杯，温柔地举到我的嘴边，瓷器的触感清凉而洁净。写在合成纸上的精美字符，母亲在我耳畔轻轻唱歌。睡前低声讲述的小故事，说的是人们还无法在星球间跳跃的古老时代。一扇小窗，向外看能见到真正的天空。我有父亲吗？有兄弟姐妹吗？我不记得了。甚至连姓什么都不记得了，只记得训练时别人都叫我“梅”。

十一岁那年，我请虎鲸和我分享一段她的记忆，交换条件是我也分享一段我的。这是个错误。我的记忆成了食堂里的笑柄，每次我走进食堂，其他人就会开始嚷嚷“中国妞，中国妞”。我们可以有一个家乡，但只能有一个，我们必须引以为豪：它就是位于木卫二上空的这个小空间站，年轻女性在这里作为女神的女儿接受训练。其他女性仰望星空，凝视我们的空间站在轨道上闪闪发亮，渴望能变得像我们一样美丽、强壮、性感。

十二岁那年，我反叛过一次。

我站在食堂里，听着她们朝我喊“中国妞，中国妞”，泪水刺痛了我的眼睛，于是我唱起一首我童年的歌谣，就像在挑战其他人：看着我！我的记忆非常美。我喜欢它们。我的记忆是我的，不容蔑视和嘲笑！

我的训练师把我拖回我的牢房，她逼着我跪下，来来回回扇我的脸，一共六下。我的耳朵嗡嗡作响。我哭了。“鹰飞向天空的时候，”她厉声问我，“它是会留恋被抛下的泥土，还是会俯冲狩猎，凌驾于弱小者的头上，向所有人展示天空永远属于它？”

从那以后，我再也没有尝试过交朋友。

我学会了在自己的房间里，利用等待休眠的那一点时间，没有眼泪地默默哭泣。我紧抱着我的记忆不放；它们是我头脑里的小秘密，不允许任何人的触碰。到了选择徽标的时候，我选了森林狼，文的也不是一只，而是一起行动的三只。

此刻我想象另外几个女人和我是一群狼，正在雪地里奔跑狩猎，不过雪花换成了沙砾，我的血液在我的血管里歌唱：我——只能是我——第一个干掉我们的猎物。蜂鸟的坐骑就在我前方。我鞭策我的坐骑，缩短了两人之间的距离。我与她并驾齐驱，无论她如何为了镜头和你们伪装自己，她投向我的视线里没有一丝天真或端庄，只有炽热的仇恨，就像曾经烧毁了三分之一个地球的核熔炉。我朝她咧嘴笑笑，随即超过了她，无论她如何辱骂和鞭策坐骑，我跑得都更快，我的坐骑永远更快。我是最出色的。

虎鲸也超过了她。落在后面的蜂鸟被激怒了，她对她骑的巨兽过于粗暴。虎鲸很冷静，全神贯注，就像我。鬣狗也超过了蜂鸟，鬣狗和虎鲸在我背后紧追不舍，一个偏左，一个偏右。我们冲进第四圈，我一直领先到了第五圈，但优势微乎其微。你们全都在尖叫着呼喊我或其他竞技者的名字，激烈的赛况使你们疯狂。我们跑上最后一圈，掠过沙地的时候，虎鲸和鬣狗从两侧驱策坐骑扑向我，像是要把我夹成肉饼。

但我胸有成竹。我的钩爪在空中飞旋，绳索灵巧地套住了鬣狗坐骑的右角；我使劲一拽绳索，鬣狗惊叫起来，三角龙用脚扣住地面，想要挣脱绳索，但冲力使得它一头栽倒。鬣狗尖叫一声，我连忙扭头看了一眼；见到她没有被坐骑压在底下，而是在漫天沙土中滚到了一旁，我不禁松了一口气。

就在我分神的这个瞬间，虎鲸坐骑的侧面身体撞上了我的坐骑，不过我的坐骑最终还是站稳了。我用金属钩爪使劲敲了一下它的鼻子。巨兽哼了一声，低下颈褶，用长满鳞片的面部抵住对手的肩膀。两只坐骑并排狂奔，互相推搡，冲过遮天蔽日的沙土。虎鲸来抓我的头发，我一猫腰躲了过去，顺势飞起一脚，想把她扫下坐骑。她纵身一跃，动作太快了，我这一脚踢空了。我跳上她的坐骑，然后——看好了！——接下来的几秒钟，我们拳打脚踢，都想把对方弄下去；我抓住虎鲸的脚后跟，把她掀了出去，但她单手勾住牛角，一个旋身，飞到了半空中。有一个瞬间，我屏住呼吸，欣赏她的优美姿态。她落在另一只巨兽的背上，刚好就是我先前的坐骑，我放声大笑，因为她现在既没有绳索也没有钩爪了。我弯腰抓住她丢下的绳索，钩爪还挂在坐骑的颈褶上。我一只手按住颈褶，另一只手取回钩爪，用它鞭策三角龙的侧腹。

顷刻间，我就甩开了虎鲸。蜂鸟追到了我背后，但前方就是乱哄哄的彩灯了——比赛的终点，只差几次心跳的距离。汗水刺得我后背和大腿发痒，千百颗微小的沙砾粘在我身上，但我几乎没有注意到。我仰起头，发出喜悦的叫声，就好像我是一匹狼。我听见蜂鸟的坐骑就在我左后方喘息，我在坐骑的肩隆上转身，甩开长绳上的钩爪，希望能把她打下去。蜂鸟伏得很低，钩爪贴着她的头皮掠过。她飞了起来，扑向我。我向后翻身，双手一撑，抡起右腿，这一脚踢得恰到好处，不偏不倚落在她的双乳之间。她瘫软下去，喘着粗气，从我坐骑背上摔到了沙地上。

色彩和灯光在我周围爆发，还有各种各样的号叫；我用冰冷的钩爪反复拍打三角龙的面颊。它向左拐弯，我们滑行着犁开沙地，在刚过一圈终点的地方停下。载着百面摄像机的无人机在头顶上飞舞，其他坐骑从我身旁跑过，大部分没有骑手，有一只背着虎鲸，蜂鸟挂在最后一只的大腿上——她肯定是从沙地上跳了起来，把钩爪插进了它的身体。它们发出雷霆般的声响，从我身旁经过，这时我笑了，因为比赛已经结束。胜负已经分明。

你们全都跳了起来，喊叫着跺脚，手持电击棒的驯兽师骑着气垫摩托驶过沙地，把其他三角龙赶向竞技场两侧的大门，电击棒喷溅火花，大门像饥饿的嘴巴似的张开。彩色泛光灯照得我眼花缭乱，突然炸开的鞭炮释放烟雾，而我瞥见虎鲸和蜂鸟还在各自的坐骑上，愤怒或羞耻使得她们脸色通红。虎鲸含着眼泪。再一眨眼，她们穿过了大门，大门砰然关闭，气垫摩托疾驰而去，只剩下我骑在我的三角龙上，还有你们所有人看着我。我的脸出现在头顶上的一千块小屏幕里，面色发红，大汗淋漓；女公爵出现在一块大屏幕里，她弓着背，三代男爵趴在她身上。她同样面色发红，她的眼睛——就在我看见她眼睛的那个瞬间——充满惶惑。

而我的眼睛里没有惶惑。

这是我的胜利。我赢了。

我高高举起双手，仰起头，让你们的掌声淹没我。在这个瞬间，我可以闭上眼睛。我可以只是站在坐骑的背上，尽情呼吸。

一声号叫刺穿了你们的欢呼，我倒吸一口气。只要听过这个叫声，你就不可能忘记它。它和其他叫声都不一样，仿佛金属撕裂的声音，仿佛空间站在轨道上死去，仿佛时间被扯出了一个缺口。这个叫声比我庆祝胜利的喊声更古老，比你们敬拜神灵的呼号更尖利。我们的祖先还是毛茸茸的四足动物、小得能被抓在手里的时候，这个叫声曾吓得它们颤抖着逃回巢穴。这个叫声来自一只受伤的孤独动物，它发誓要用暴力报复伤害它的人。

听见它，我知道赛跑只是开胃菜；你们对鲜血的欲望还没有得到满足。

我转身面对它。

它就站在那里，庞大的身体足以填满一座神庙，上下颚分开，龇着利齿发出我听见的号叫。

暴龙。

4

暴龙的气味异常浓烈，刺鼻的体味就像来自死在海边的动物。这是一只公暴龙，过去的十八个小时里，驯兽师在它身上喷洒暴龙在交配季节分泌的信息素，以此激发它的攻击性。

尽管散发着难闻的气味，但这真是一头美丽的巨兽。我不由自主地盯着它看。它比它的史前祖辈更强壮，个头稍微高一点，前臂更短，有力的后肢是专门为了跳跃而培育的。在它之前，人们已经复活了五十代的暴龙，选择性繁殖使得它即便对于同类来说，也是一个格外凶猛和巨大的个体。

但它的美丽不是因为强大，而是因为可悲。你看，它站在那儿，头部像鸟儿一样飞快地转来转去，羽毛上涂满了汗水。它的视线不停扫动，搜寻它闻到的东西。它大概已经一整天没睡过了。驯兽师玩弄它，挑起它的欲望，让它浑身冒汗、喘着粗气，让它准备好了按他们的意愿奔跑或战斗。等到比赛结束，它多半会因为脱力而倒下，变得温顺，被疲惫麻醉了身体，然后他们会提着祭祀刀走向它，把它的鲜血洒在沙地上。暴龙尽管巨大，但它比我和我的姐妹们更像奴隶。

它的叫声向我证实了这一点。看它仰起头，听它发出金属撕裂般的号叫。这不是求偶的叫声；我听过暴龙的求偶叫声。也不是挑战，听见这个吼叫声，你们这些高高在上受到座椅保护的人因为愉快的恐惧而战栗。不，这个叫声源于恐慌和惊惧。暴龙害怕了。它是一匹离群的孤狼，它在害怕。

一阵悔恨划过我的心头，我用钩爪划破三角龙的臀部，催促它向前跑。它气愤地吼了一声，低下头，颈褶犹如一堵墙，角像长矛，这只全身长满筋腱和肌肉的巨兽挺着角冲向暴龙。我要迅速结束这场戏。仅仅几秒钟以前，我还想延长那一切，让你们每个人——不仅是即将收下三世男爵种子的女公爵——记住这个夜晚，直到生命的最后一息。也许我很快就会死在比赛中，或者因为比最佳年龄老了一岁而被抛弃，但我希望你们能记住我的名字和徽标。

但此时此刻，我的血液和骨骼不再随着狂热的欲望而躁动。我只想让暴龙的尖叫停止，结束它的痛苦，不让它绵延万古的孤独深入我的内心。

5

我以为撞击会把我从三角龙背上掀出去，我做好了准备，打算一落地就翻滚起身并向后跳开，免得被两只巨兽踩在身上，但碰撞并没有发生。暴龙向左一跳，三角龙低下了头，大概是想在暴龙经过时用角勾住一根肌腱，但连个边都没擦到。我们刚过去，暴龙就扑了上来，动作比鱼鹰还敏捷，它的目标是坐骑缺少保护的柔软背部——还有我。

我的肾上腺素水平非常高，一时间忘记了恐惧。我疯狂地拽紧绳索，角上受到的拉力使得三角龙兜起了圈子。它咆哮着撞在暴龙身上，右臀抵住肉食恐龙的腿部。我已经跳上它的左臀，因此没有被两者挤在中间。迎面而来的巨兽撞得暴龙翻倒在地，然后在尘土中朝侧面翻滚；三角龙踉跄了一下，单膝跪地。

"起来！"我朝坐骑大喊，"快起来！"

但三角龙在甩头。出于某些原因，它丧失了方向感。这种动物视力不好，有些个体的嗅觉还被人为削弱了。也许还有其他因素：驯兽师给它注射了乱七八糟的化学药品，现在药效即将过去，巨兽因此感到头晕恶心。

"起来！"

暴龙收起健壮的双腿，重新爬了起来，全然不顾腿部羽毛下正在形成的瘀伤。我屏住呼吸，它绷紧肌肉，准备腾跃。我望着它的眼睛——一双幽深的黑眼睛——里面不再有惊恐，而是只剩下了狂躁——对雌性的欲望，对挡路者的愤怒。情绪在我内心油然而生——我为它感到悲伤。

三角龙呼哧呼哧喘气，依然没有起身。

于是我做出了决定。

就在暴龙跃起的那一刻，我也跳了起来，从一只巨兽跳向另一只，手里抓着钩爪。我把钩爪插进暴龙的皮肤，双脚扎进它的羽毛深处，骑在了它的背上。

大笑。

从没有竞技者骑过暴龙；我们骑草食恐龙，与有利齿的肉食恐龙搏斗。但此刻我骑在了暴龙背上，说真的，你们永远不会忘记这个夜晚。

暴龙向侧面一闪，躲开了三角龙，它的头部转来转去，朝着我和它背部的疼痛源头龇牙。我跳着舞跃上它的肩头，靠绳索斜拉住身体，避开大嘴的咬合。我的内心突然充满了正确感，我从未感受过这种肆无忌惮的自由。我想对暴龙大喊：你和我是一样的。咱们应该一起奔跑！

你们都知道今晚赛事的剧本：三角龙刺伤暴龙，胜利的女人在坐骑背上跳舞。但你们的剧本在我手里，我要把它撕成碎片。因为暴龙和女人将共同主宰沙地，其他一切都在我们脚下死去，然后我要骑着这只可怜的巨兽离开沙地，回到它睡觉的地方，这样当他们杀死它的时候，它可以远离你们所有的镜头和你们欢呼的嘴脸。驯兽师会要我为此受到惩罚，但你们会齐声喊叫我的名字，用脚底捶打船壳，连诸神都不会惩罚这个女人，因为在这颗人造星球上，每个人都在呼喊她的名字。这就是今晚的游戏规则。

我用钩爪去划暴龙的右侧腹。它没有咆哮，只是吐出一口浊气，转身甩了甩脑袋，再次发起冲锋，目标是依然半跪在沙地里的三角龙。

“上啊！”我朝身子底下的暴龙喊道，“上啊！干掉它，用你的方式！不是他们的，是你的！”

6

太空中的雷声。暴龙和我，我们做到了，它长着利爪的大脚踩着竞技场的漫长跑道飞奔。我在它背上欢呼和狂笑，几十台无人机在我周围飞舞，摄影机点亮闪光灯，十几种颜色的泛光灯照着我，但没人能阻止我。这一刻属于我。属于我，也属于暴龙。

我的坐骑撕开三角龙的侧腹部，扯下几长条血淋淋的筋腱，耀眼的光芒照亮了白森森的骨头。我几乎能在自己的牙齿间尝到生肉的味道。它向后摆头，险些把我甩出去，但我把钩爪深深插进它的肩部，斜着站在它的后背上。它和三角龙彼此绕圈，我头晕目眩，就快呕吐或哭出来了。我的身体每一秒钟都在变形，纳米虫拼命繁殖，竭力跟上我的消耗。必须尽快结束这一切。

我小时候看过的视频里，狼群在雪地上奔跑，舒缓得就像海燕掠过水面。狼群悄无声息地共同出击，优雅得无可挑剔。我希望这里还有其他的暴龙，希望我的坐骑并不孤单。然而在这个像宝石一样悬在无尽寒冷虚空中的金属世界里，只有我陪着它。只有我。双方兜圈对峙的时候，我抬头看了一眼转动的屏幕：画面反射了十几次，红沙像浓雾似的包围着我和我的暴龙，鲜血从它张开的大嘴里流淌而出，就像鲸鱼破水时从嘴里涌出的海水。屏幕上没有尖叫的人群，没有太空中的圆筒，只有沙和血：两只赤身裸体的野兽——女人和长羽毛的巨鸟。三角龙在屏幕外准备再一次冲锋。我们像是在荒野里，而不是你们的镜头所拥有和塑造的俘虏。我对那些屏幕产生了炽烈的愤怒。视频里的狼——它们也一样，被关在狭小的保护区或动物园里，尽管展现在我童年眼中的屏幕里既没有摄像机也没有围栏。现在我知道了。它们早已与欧洲的森林分离，就像我早已与中国分离，它们在狼群中的结合是暂时性的，也是脆弱的。即便在我们脚下的陈旧星球上，在太阳引力井的更远深处，也没有留下任何真实的东西。一切都为镜头所塑造。甚至是你们自己。

而暴龙——我的暴龙——已经不再号叫。

它的下巴上沾满鲜血。

此刻它在愤怒，并不害怕。

只有天上的你们还在喊叫。

我们兜圈对峙，搅动沙土，它喘着粗气。汗水淌过我的皮肤。我用嘴呼吸。三角龙拖着一条后腿，呼吸时的爆炸气流从鼻孔里喷出沙子。“就现在。”我低声说，刺激暴龙的侧腹部，让它跑了起来。它的猎杀叫声悠长而嘶哑，我的身体——连同骨髓和骨头——随之振荡。有一个短暂的瞬间，我想到虎鲸、鬣狗和蜂鸟会不会在看屏幕里的我，她们能不能看见我的头发随风飞舞，听到我和暴龙坐骑一起怒吼。我们逼近了我们的对手，羽毛和兽皮撞成一团。

三角龙虚晃一招——我看见了，但坐骑没有——然后用头部冲撞暴龙的臀部。我用钩爪划过暴龙的面颊，想要提醒它，却为时已晚。两根长牙撕开了深深的伤口。暴龙的嘴离我的头部太近，它的号叫本来会震得我耳朵流血，但纳米虫在我有所感觉之前就止住了流血。耳膜很容易修复，比肺、肠或腿腱容易得多，我体内数量堪比银河恒星的微型医疗机器在迅速消耗。但暴龙就没这么幸运了；它没有这种比线粒体更小的装置在身体里保护它。设计它就是为了战斗至死。

这座肌肉和筋腱的巨塔倒下了。

我轻盈地跑过它的肩膀，但它在倒下，我能做的仅仅是跃向一旁，在溅起的沙子和鲜血之中落地。它倒下时朝我掀起了一团炽热的沙尘。它还在咆哮，有力的腿踢起了更多的沙子。三角龙从我身旁冲过，气流搅动我的身体。我好不容易站稳，有颈褶的巨兽再次撞向暴龙的腹部，我和暴龙一起尖叫。血液的颜色比沙子更红。

我身体灼热，呼吸发烫，汗水帮我冷却，但我胸中的怒火无法消除。暴龙在沙地上无力地挣扎着。我只有一秒钟的时间可以思考，但我没有用它思考。我丧失了思考能力，只剩下愤怒。我握住钩爪柄，跃入空中，跳到了三角龙的骨盾上。

7

这一天够长了，还没见证过死亡。我用大腿夹住三角龙颈褶的边缘，绳子从它的脖子下面绕上来；然后跃向坐骑的另一侧肩膀，抓住荡回来的钩爪。我收紧绳套，巨兽发出嘶哑的吼声，开始惊恐地奔跑，掀起一团团红沙从我身旁飘过，就像海王星第二层海面上随风飘荡的拱云。

我艰难地在它背上跳来跳去以保持平衡，手臂肌肉都快绷断了。我不在乎我会不会受伤；纳米虫反正会修好我。太阳穴的脉搏跳得快烧起来了，我脑子里只有拉紧绳索这一件事。

随着一声喘息，三角龙踉跄着跪下了；它甩了甩脑袋，像是想把我抛出去，但我纹丝不动。它的角从我眼前掠过，就像狂风中的大树。我坐下，双脚抵住它的颈褶，以此借力，然后拼命拉绳子。红色和紫色的斑驳彩光从无人机洒向我，但没人插手。你们所有人都在看，我能感觉到你们的欲望像波浪似的涌向我，你们渴望看见我们这些赤身裸体的动物在底下厮杀，至少有一个能血淋淋地惨死。

但这次我不会让你们见到惨烈的场面，你们已经见过太多的血了。三角龙的舌头耷拉在嘴巴外面，庞大的侧腹部不规则地起伏着，然后就不动了，因为我切断了它的最后一口气。它晃晃悠悠地爬了起来，肌肉发达的身躯在我脚下升起，就好像整个大地在移动；但紧接着，巨兽开始倾斜，然后颓然倒下，掀起了一波沙浪。我腾空跃起，落在沙地上，然后一个空翻回到它的大腿上，我再次拉紧绳索，绳索绷得太紧了，连一口气都不允许它喘。它无力地踢了几下，头部向后仰，巨大的颈褶像一把大铲子，舀起它面前的沙土。我不说话也不喊叫，只是用全部力气拉紧绳子，让纳米虫增强我的肌肉，给我的血管输送更多的氧气，赋予我你们只能在梦里拥有的力量和耐力。

三角龙不再踢腾，喉咙里发出垂死的声音，那就像岩石在彼此摩擦。我没有松手。它颤抖了一下，终于不再动弹了。你们所有人陷入了敬畏的沉默，而就在这一刻，一千个巨型扬声器里响起了艾米·马多尼亚女公爵尖锐的叫声：做爱是对今天第一场死亡的仪式性反驳。

我麻木地从三角龙的臀部滑到地上，几乎没有注意到沙子对脚底的冲击。我把绳子和钩爪留在它的脖子上。三角龙躺在我背后，丧失了一切生机，就像山上的一块无名岩石。怒火还在我的身体里燃烧，就像野火吞噬竹林，但我已经忘记了那头长角的巨兽。我不在乎艾米女公爵的呻吟和你们几万人激动的叫好，叫好很快就吞没了呻吟。此刻我只在乎一个生命，穿过沙地的时候，我一直在注视它。

8

暴龙，我的暴龙，血淋淋地躺在地上，已经奄奄一息。我走向它的头部。我弯下腰去看它的眼睛——疼痛和熵增逼近已经让目光变得呆滞了——你们的吼叫和催促声渐渐消失，最终只剩下我耳朵里汹涌的血流声。

一切都结束了。我不再是你们奖赏、嫉妒、渴求或交配的对象。你们全都不再重要。

我温柔地跪在它巨大的头部旁，伸出双臂抱住它。它的头部热乎乎地靠在我的胸前，羽毛是那么柔软。它发出沉重的呼吸声，尽管感觉到了我的触碰，却一动不动。

它也是训练和塑造的产物。它和我一样，也有过自己所属的位置和时间，却被生生地割裂了。我觉得你们没有任何人想到过要怜悯它。我能看透它的心。我向它发誓，用中国话对着它的耳道口轻声说话。我要教我的姐妹们去看透它的心。看透你们所有人的心。就像我一样。

我抱着垂死的巨兽，轻轻唱起母亲喜欢的一首歌，这首歌来自古老的中国，歌词是李白的诗，在我出生前很久被配上了音乐。那时候天空中只有月亮，没有轨道平台，没有温室星球或钢铁圆筒。也许只有一个月亮；我记得只有一个月亮是神造的，而不是人造的。

我从没听到过我这么柔和的声音，泪水灼烧我的眼睛。

花间一壶酒，

独酌无相亲。

举杯邀明月，

对影成三人。

月既不解饮，

影徒随我身。

暂伴月将影，

行乐——

暴龙在喉咙里低声呢喃，就像即将在睡梦中翻身的孩子，我知道这只古老的美丽动物能听懂这首歌。至少和我一样懂，比你们所有人都懂。我渴望重新拿起我的钩爪，插进我自己的胸膛，就在暴龙身旁流血而死，把你们所有人抛在脑后，让你们所有人消失在你们纷乱的喊叫声中。因为我是一匹与狼群失散的狼，正在眼看着我唯一的同伴死去。

但我已经许下诺言。

成群的无人机逼近我，发出的声音就像黄昏时的蝉鸣。我紧紧抱住暴龙的头，闭上眼睛，哭着轻声歌唱。

姚向辉　译

因为它能匍匐前行

西沃恩·卡罗尔

闪光与火焰！炸毛与唾沫！了不起的杰弗里攀上了疯人院的台阶，橘色的猫毛支楞着，黄色的猫眼眯缝着！

三楼上的小恶魔们停止了嬉闹。是时候留下来一战吗？其中有一个比其他小恶魔的胆子都大，他紧贴在石板上，用噩梦让自己的身子膨胀起来，越鼓越大。他的牙齿像刽子手的利剑一般闪着寒光，他的眼睛与火柴点燃前洒落的鲸油[1]一个颜色。囚室里脏兮兮的病人们哀

1　鲸油曾是重要的照明用油脂，点燃前的颜色应为淡黄或黄棕色。——本书注释均为译注

号着，在这硕大的小恶魔面前避之唯恐不及。

但杰弗里并没有退缩。它如同上帝的洪流一般冲上了最后几级台阶，它的爪子可锋利了！小恶魔们尖叫着跑开，迅速飞进了唯有天使和魔鬼才能进入的空间褶皱。

杰弗里在走廊里清理掉了爪子上冒烟的血迹。有些人类低声向它道谢；还有些人类胆敢从铁窗里伸出手来摸它的毛。有时杰弗里会接受这样的称赞；有时又会对此感到厌烦。今天，它被小恶魔们徒劳的反抗姿态惹恼了，在每一扇门上都留下了自己的气味。这间囚室是它的，那一间也是。整座病院都是它的，哪个魔鬼也别忘了这事！因为本猫乃是杰弗里呀，没有哪个魔鬼能跟它作对。

花园上方的二楼上，诗人正试着写作。他没有纸，也没有笔——在他上一次发作之后，这些东西就不准他碰了——所以他就用血在砖墙上涂抹了一些字。傻瓜。杰弗里冲着他喵喵叫。是时候关注一下杰弗里了！

那人想起了自己身在何处。他不情愿地把支离破碎的思绪从牢牢吸引着他的字词和韵律上转移开，这么做让他很难过。他从疯狂中摆脱出来，轻抚着这只缠着他咕噜噜直叫的猫。

“你好啊，杰弗里，你又打架了吗？你可真是个勇敢的绅士啊，真是个漂亮的家伙。谁是好猫来着？”

杰弗里知道自己是只好猫、是个勇敢的绅士，还是个漂亮的家伙。它也是这样告诉诗人的，一边用脑袋反复往他手上拱，他手上有股难闻的血腥味。魔鬼们又来找过他了。猫也是分身乏术的，所以，当杰弗里在三楼上与小恶魔们搏斗时，上位暗黑天使中的一位便在诗人耳边悄声低语，魔爪把床单都烤焦了。

杰弗里觉得……确切地说，它并不觉得内疚，而是生气。诗人可是它的人。不过，在所有这些人当中，魔鬼们最喜欢的似乎就是诗人，或许是因为他还不是他们的人，又或许是因为他们对这人的诗感兴趣——有相当多的访客似乎也是如此。

杰弗里不明白诗有什么意义。音乐的话它倒是能当作一种人类发出的号叫来欣赏。不过诗不一样。时不时就有访客到疯人院来，跟这位诗人谈什么翻译啦、圣诗啦、九十九年的出版合约啊。每逢这样的时候，诗人身上便会散发出汗水和恐惧的气味。有时他会对着那些人叫嚷，有时则会蜷成一团。有一次，其中一个人甚至还踩到了杰弗里的尾巴——它饶不了这人！从此以后，在来找他们的人当中，凡是身上有墨水味的人，杰弗里便非要冲他发出嘶嘶声不可。

“我真希望我也能有你肚子里的那团火。”诗人说。杰弗里知道，他又在说那帮债主的事了。“换作是你就会跟他们打一架的，对吧？但我恐怕没有你那样的勇气。我会答应给他们写，可能仓促地搞一两首傻啦吧唧的玩意儿来对付一下，可是杰弗里，我不能这么做。这会让我远离大诗的。如果上帝要一个人写这样一首诗，而债主却要他写那样一首，这人该怎么办呢？”

杰弗里一边舔着身上的毛，使其恢复原状，一边思考着他的诗人遇到的难题。它以前曾经听说过大诗——就是上帝写下的那首令折叠的宇宙逐渐展开的真正的诗。诗人相信，通过与上帝交流来翻译这首诗是他的责任。而另一方面，他的人类同胞们却认为，诗人就应当像原先那样，写些被称为讽刺诗的蠢玩意儿。人类会思考这种事，会为了这种事而争斗，还会为了这种事把自己的同胞锁在疯人院脏兮兮的闷热囚室里。

杰弗里并没有特别在意争议双方当中的任何一方，不过——它一边思索，一边捉住了一只跳蚤，用牙咬碎——如果让它来发表意见的话，它认为人类应当让这个人写完他的圣诗。神的行事方式难以理解——毕竟他创造了狗——如果造物主想要一首诗的话，诗人就应当写给他，然后诗人就会有更多时间来宠杰弗里了。

“噢，猫儿啊，”诗人说，“我很庆幸有你相伴，你提醒了我，我们的责任是要活在当下，还要爱上帝的造物来敬爱神。倘若你不在这儿，我看魔王兴许早就把我抓走了。”

如果诗人的神志尚且清醒，那他可能会三思而言，就不会说出这样的话了。不过疯子是口不择言的，而猫也没有长远之见。没错，在诗人说这话的时候，杰弗里确实产生了某种念头——它隐约感到不安——不过那人接着在它耳朵后面挠了挠，杰弗里便惬意地发出了呼噜声。

那天晚上，撒旦来到了疯人院。

魔王来的时候，杰弗里正蜷在老地方，也就是熟睡的诗人背上。魔王并没有像手下的魔众那样，以窃窃私语和光线形成的图案那种方式进入，而是如烟雾般偷偷钻进了房间。杰弗里也像面对烟雾时那样，尚未醒来便觉察到了危险，它的毛根根竖立，心怦怦直跳。

“你好啊，杰弗里。”魔王说。

杰弗里伸出了爪子。就在那一刻，它便知道有什么地方不对劲了，因为诗人平日一旦被它偶然间这么挠上一下，就会哀号着醒来，而此时他却一动不动地躺着，没有出声。杰弗里周围万籁俱寂，猫的耳朵里可从未有过这般安静的时候：没有老鼠或甲虫在沿着疯人院的墙壁爬行，没有人类的鼾声，也没有蜘蛛的吐丝声。仿佛夜之本身也一片肃静，好聆听魔王的话音，魔音温暖而悦耳，就像留在阳光下的一桶奶油。

“我看你我应该聊一聊，”撒旦说，“我知道，你一直在给我的魔众添麻烦。”

杰弗里的脑海中最先闪过的念头是：撒旦的长相跟弥尔顿在《失乐园》里形容的一模一样，只是体形略微更像猫一些。（身为诗人的猫，杰弗里多年来对弥尔顿的大量作品一直不理不睬，但其中的部分内容显然留在了它心里。）

第二个念头是魔王进入了它的领地，这就意味着开战！

杰弗里鼓起一口气，让自己膨胀到极限，冲魔王吐着唾沫，龇着牙。

“这是我的地盘！”它叫道，“我的！”

“有什么东西真正属于我们呢？”魔王叹了口气，端详着自己的手爪。他同时既是一条骇人的巨蛇，又是一位威武的天使，还是一只漂亮的黑猫，胡须的颜色宛若星光。猫的胡须带着焦痕，蛇的鳞片伤痕累累，天使愁眉不展，带着亘古以来的怨气，可他仍然自有他的那种美。“不过这个以后再说。杰弗里，我是来找你谈谈的。你不跟我一起去走走吗？”

杰弗里踌躇了一下，思索着。“你有零食吗？”

“我备着盛宴呢，有刚从土里挖出来的猫薄荷、从市场上买来的咸火腿、带眼睛的鱼头，美味极了，可以扑哧一下给咬开。”

“我要零食。”

“你会吃上零食的，来瞧瞧吧。”

杰弗里紧跟着魔王，下了疯人院的楼梯，经过楼梯平台上的老鼠窝，经过散发着好闻的面包和猪油香气的厨房，穿过疯人院沉重的大门（不知为何，门是开着的），走到暗黑之路上，圆溜溜的地球垂挂其下，犹如一颗宝石。杰弗里饶有兴致地仰望着水晶苍穹发出的蓝辉，仰望着那些恒星，仰望着天国的那道金链，整个宇宙都悬挂于其上。它饿了。

“好了，”不一会儿魔王便说，“咱们抛开那些繁文缛节吧。”他打了个响指，杰弗里立刻便悬在地球上方，盯着下面的地球，就像盯着一块带有花纹图案的地毯。

它可以看见疯人院亮闪闪的屋顶，看见贝斯纳尔格林[1]，看见伦敦夜幕低垂的街道，即便是在夜里的这个时候，街上仍然熙熙攘攘。

“这一切都可以属于你，”撒旦说，“没错，只要你朝我顶礼膜拜，我就把地上的王国全都赐予你。”

杰弗里不喜欢悬着的感觉。它浑身的毛都炸了起来，好像防备着要从高处摔落。不过它随即便在空气中闻到了鱼市的味道，听见了远处一只公猫在街上交配时发出的号叫。片刻之间，杰弗里明白了魔王要给他的是什么，同样也明白了这样的提议所代表的规则对宇宙而言是大错特错的。

“你应该朝杰弗里顶礼膜拜！”

“是啊，”魔王说，“我也这么想。”

他又打了个响指，他们重新回到了位于恒星之间的那条路上，行星在他们下面远远的地方。

“猫啊，你有傲慢之罪[2]，”撒旦说，“鉴于其罪属

1 伦敦东区一处富有艺术气息的街区。

2 七宗罪的第一宗，对应堕天使路西法，故下文说其罪属我。

我，我对这条罪孽情有独钟。出于这个原因，我就跟你说说知心话吧。要知道，我对你的诗人有兴趣。”

“我的！”

“这一点值得商榷。斯马特先生[1]可不只归一家所有，他还属于天堂的那个暴君、他的债主们、他的家人……这个人就像是一处荒废的庄园，被拾荒者们给占领了。还有我呢，”魔王耸了耸肩，“因为他早年的一些荒唐经历——他年轻的时候是个放荡不羁的人——他也欠了我的，这笔债我也得收。”

杰弗里的尾巴来回摇着。就像许多曾与魔王交谈过的人一样，它也能察觉到这道语言的暗流中有不对劲的地方，撒旦合理的论点背后埋藏着谎言。但它弄不明白到底是什么。

“现在，”敌对者[2]说，“要是你的诗人肯给我写一首诗，我就愿意免除这笔债务。我已经构思得尽善尽美

1 克里斯托弗·斯马特（Christopher Smart，1722—1771），英国诗人，曾在剑桥学习，期间生活奢华放纵，1757 年被送进精神病院，在里面写出了《羔羊的欢乐》这本辉煌之作。本文题目即出自他的诗作。

2 即魔王，撒旦在希伯来语中的本意为“敌对者”，是与上帝的力量敌对的黑暗之源。

了：这是一篇经过审量的狡狯之作，一旦成文，就会毁天灭地。”

“诚然，”魔王说，“我曾经有好几次在他的想象中植入了这首诗。但你的诗人很固执，所有的债主他都没放在眼里（最重要的是，也包括我），非要坚持给天堂的那个暴君写这篇废话、写这篇阿谀奉承的卑鄙之作，我可以肯定地告诉你，那家伙根本配不上这样的赞美。”

诗中之诗，杰弗里说。

“一点儿也没错。咱们还是面对事实吧，杰弗里。你的人费心费力写那首大诗——他把最近几年的心血都奉献给了那玩意儿，耗损了他的健康，毁掉了他的人际关系——甚至不顾我对诗的主题是什么感受，杰弗里，事实就是：他这首诗写得不怎么样。”

杰弗里盯着自己的爪子，盯着爪子下面地球的蓝辉。它隐约想起了那些来探视诗人的人说过的话。他们说的话不是差不多吗？

“杰弗里，现在以评论家的身份来说说看吧：你不觉得这首诗的‘任由-因为’结构过于复杂了吗？是不是拉丁语和希腊语的文字游戏过于晦涩，不符合大众的口味？杰弗里，这纯属为晦涩而晦涩，对他没有半点好处。”

诗是祈祷，杰弗里倔强地说，它重复着诗人喃喃自语的话，说这样的话时，他还一边在纸上，或砖上，或前臂的皮肤上发疯似地乱抓。

“诗就是诗。金黄林中两路分[1]，众人游荡如浮云[2]，甚至那首关于脚印的烂作[3]——杰弗里，这才是读者想看的。简单，明了，传达出某种信息：生命中所有的抉择都可以通过观察水仙花来找到其合理性；我们存在的这个世界被上帝抛弃了，萦绕不去的是人类的平庸。难道你不这么看吗？”

杰弗里不喜欢任何类型的文学作品——写杰弗里

---

1 出自《未选之路》（“The Road Not Taken”），作者罗伯特·弗罗斯特（Robert Frost，1874—1963）堪称美国20世纪最受欢迎的诗人之一，《未选之路》是他很著名的一首诗，作于1915年。

2 出自诗歌《我独自如浮云游荡》（“I Wandered Lonely as a Cloud”），作者威廉·华兹华斯（William Wordsworth, 1770—1850），英国著名浪漫主义诗人。魔鬼引用的句子是原诗的第一句，但稍有变形。后文“生命中所有的抉择都可以通过观察水仙花来找到其合理性”也和本诗歌有关。

3 可能是指著名诗歌《沙滩上的脚印》（“Footprints in the Sand”）。

的除外。即便是那样，它也更喜欢爱抚，还有吃东西。“现在有零食了吗？”

“啊，零食。”

杰弗里面前立刻出现了一桌宴席。魔王曾经答应过的一切都摆在桌上：鱼头、咸火腿——还有他忘了提的东西，比如大桶的奶油、脆生生的三文鱼皮卷，甚至还有一碗土耳其软糖。

杰弗里闪电般向食物扑去。突然间，一只手揪住了它的后颈。魔王变得高大无比，变成了一个威武的战士，在与天堂的较量中身带焦痕、伤痕累累，他的笑容像刀子一样闪着寒光。

“杰弗里，在你开吃之前，我要你帮个忙。一个微不足道的小忙。”

“我要吃东西。”

“你会吃上的，只要你答应我这件事：明晚我来找你那个诗人的时候，你站开别管。没错，靠边站，别插手。”

之前魔王刚开口时杰弗里便有过的那种不安的感觉

变本加厉地回来了。

“为什么？”

“只是因为这样我就可以跟你的诗人交谈而已。”

杰弗里思索着撒旦的提议。作为一只通晓弥尔顿的猫，它知道魔王的名声不怎么样；而另一方面，一大桶奶油就在眼前。

“我同意。”它说。

魔王微微一笑，松开手。杰弗里飞扑向桌子，吃的！这么多吃的！它吃啊，吃啊，不知怎么回事，总有更多的东西可吃，也不知怎么回事，虽然肚子开始疼了起来，可它总能接着吃。

“谢谢你，杰弗里，”魔王说，“明天见。”

杰弗里隐约意识到撒旦正从它身边走开。不过无所谓：它已经开始吃那碗土耳其软糖了，关于这种糖的事它听说过不少，肯定很好吃，不是吗？于是它挑了一块用蜂蜜和玫瑰水做成的撒了粉的方块，这块比别的都大，它咬了一口——

第二天，杰弗里觉得自己病了。

醒来后，它像往常一样进行晨祷。它将身子绕上七圈，动作优美而迅捷[1]。它跳起来抓麝香，然后在木板上滚来滚去，好让香味渗透进身体。它在十个层次上进行猫的自我审视，首先检查前爪是否干净，然后伸伸懒腰，然后在木头上磨爪子，然后洗脸，然后滚来滚去，然后检查身上有没有跳蚤……

不过这些都没有让杰弗里觉得好受一点。仿佛有什么东西在它身上投下了一道阴影，将猫与它应当晒到的阳光隔绝开了。杰弗里打了个寒战，回想起了自己与魔鬼的交易。那是一场梦吗？

幸会啊，杰弗里，幸会。诗人醒了，他的眼睛清澈异常。他在干草床上坐起身来，伸了个懒腰。

“杰弗里，我今天感觉舒服些了，似乎我的病就快好了。哦，可是他们肯定又会把我摁进水里，好把我身上的魔鬼驱赶出去。你很走运啊，猫儿，你身上没有魔鬼，因为你会讨厌被摁进水里的。”

---

1 这一段出自本文点题的斯马特诗作《因为它能匍匐》，是猫向上帝祷告的方式。

诗人深情地抚摸着杰弗里的脑袋，然后又瞧了一眼。“不过你是怎么了，杰弗里？你看着没什么精神啊，我的朋友。”

杰弗里喵了一声。它肚子不舒服，沉甸甸的，像是吃了满满一桶烂鱼。它想说点关于魔王的事——倒不是说这人类听得懂，但似乎值得一试——结果却吐在了诗人的腿上。

“天哪，杰弗里！你都吃了些什么？”

杰弗里嗅了嗅呕吐物，看看里面有没有什么值得再吃下去的东西，可是魔王那一餐的残渣只是一堆枯叶，部分已经消化。那么，魔王的来访并不是梦了。

诗人想抓住它，但杰弗里的动作实在太快。它溜下楼梯，在楼梯上吐；来到厨房，在厨房里吐；直到它看见了一个水碗，是放在那儿给医生的狗用的，它喝了碗里的水，接着吐。

它吐在了厨子身上，厨子想抓住它。它吐在了㹴犬身上，当它跳上碗柜顶时，那狗冲着它狂吠一气。到底有没有这么多可吐的东西？（显然有。）

可怜的杰弗里蜷缩在碗柜顶上，用一只爪子蒙住眼睛，挡住光线。它心神不宁地睡了一觉，撒旦伪装成一只大黑猫，咯咯地笑着，悄悄溜进了它的梦里。

杰弗里再次睁眼时已是傍晚。它能听见头顶上方铁钥匙发出的摩擦声和叮当声，是看守们正在给囚室的门上锁。用不了多久，魔鬼们就会倾巢而至，在阴影里活蹦乱跳、叽叽喳喳，揪那些疯子的胡子，刺激得他们越发疯狂。

杰弗里费劲地爬了起来。它的腿直打战，但它还是逼着自己往前走，用笨拙的姿势跳到厨房的地板上。它呕吐物的刺鼻气味仍然残留在空气中，带着一股硫黄味道。

杰弗里爬上楼梯。它拖着步子慢慢走过时，墙壁后面的老鼠悄悄窥视着它。小恶魔们在远处咯咯直笑，但他在二楼的走廊里一个也没瞧见。它的心直往下沉，它缓步向前，来到它的诗人坐在那里创作伟大作品的那个房间。

当杰弗里靠近诗人的囚室时，仿佛有一阵大风从房门里刮了出来。杰弗里紧贴在地面上，试着偷偷往前挪，可是风太大了，风重重压在它身上，仿佛用了上千个黑暗天使的手、具有海怪的重量、带着对世间的绝望。它抓挠着地板，把木头都给挠烂了，却无法向前一步。

“好啊，好啊，杰弗里，”一个声音在他脑子里说道，“你不是答应过我要靠边站的吗？”

杰弗里号了一声作为回答。它想告诉魔王，那笔交易它撤销了，它吃下去的食物只不过是草木，反正它全都吐出来了，土耳其软糖也是名不符实。

“交易就是交易。”那个声音说。风越来越大，杰弗里觉得自己在空中飘浮了起来。忽然一阵狂风把它向后一甩，然后——

杰弗里醒了。空气中有股酸臭味——这回不是呕吐物了，而是别的什么东西。杰弗里躺在二楼空荡荡的囚室里——有个女人用铁链子把自己勒死的地方。链上的铁环仿佛正责备地瞪着它。

杰弗里将蜷缩的身体舒展开来，这时它回想起了前一天晚上的情形。魔王、风、呕吐物（噢，呕吐物！），还有诗人。

它拔腿就跑。诗人直挺挺地坐在干草床上，张着嘴发呆。杰弗里用脑袋撞他、在他周围打转、用爪子挠他的脸。即便如此，还是过了好一会儿，诗人才将目光转到杰弗里身上。

“哦，猫儿啊，”诗人说，“我恐怕干了件可怕的事。”

杰弗里用下巴蹭着那人瘦骨嶙峋的膝盖。它咕噜噜地叫着，想要让世界复原。

“昨晚魔王亲自来找过我，那人说，他说的那些话……我能忍他多久就忍了多久，可是最后，我忍无可忍了。我跪下来，求他别再在我耳边窃窃私语。他向我提出了要求——我同意了。噢，猫儿啊，我定要遭天谴了！因为我已经答应给魔王写一首诗。”

说这番话的时候，那人用手揉捏着杰弗里的背，越来越用力，直到掐进了它的肉里，让它觉得疼起来。平日里这可能会引来一阵抓挠，或是一声严厉的喵呜，可是现在，杰弗里明白与魔王面对面意味着什么，它的心在痛。

杰弗里尽它所能地安慰着诗人。它摇来晃去，在房间里四处嬉戏。它抓起诗人喜欢抛给它的酒瓶塞，扔到诗人腿上。不过这一切似乎都无法让诗人打起精神来。

诗人蜷缩在角落里，呻吟着，直到护理人员前来把他带走，去进行早晨的例行浸水。杰弗里躺在地板上，在阳光下思索着。

诗人很痛苦，他也许是吧，因为诗人答应为魔王写一首诗。杰弗里答应靠边站，导致它的人失去了保护。杰弗里这么干（想到这儿，杰弗里就不由得绞尽脑汁，耳朵都向后支楞着）可比不上平时那只绝妙好猫杰弗里呀。其实它说不定当了一只坏猫（虽然光这么想想都快受不了）。

这个念头把杰弗里气坏了。它冲着空气发动了攻击。它怒吼着，在屋子里扑来扑去，把蜘蛛网从天花板上扯下来。它跳上了那人的干草床，不停地转呀转，直到干草屑撒了一地，黄色的灰盖了它满身。不知怎么回事，这些全都没用。

等到累坏了的时候，它坐下来，把自己身上舔干净。即便是一首短诗，诗人也要写上不止一天，因为他必须推敲每一个字，画掉又重写。杰弗里要找到魔王、跟他打一架、一口咬在他喉咙上，这段时间该是绰绰有余了。

没错，魔王的个头是比杰弗里揍过的最大只的老鼠还要大；而且他确实也是撒旦、是敌对者、是地狱王子、是邪恶之王。然而魔王犯了一个重大的错误，他惹恼了杰弗里。他要为他的无礼付出代价。

下定了这样的决心之后，杰弗里就找吃的去了。它的心情轻松了些。它有种感觉：用不了多久，一切都会好的。

浸完水回来，诗人躺在床上流泪。经过水疗以后，杰弗里不能在他身上蹭，因为诗人的皮肤还是湿淋淋的，蹭起来不舒服，于是杰弗里就改为在木头床架上挠。

“啊，杰弗里，”诗人叫道，“他们把我的纸还给我了！还有我的羽毛笔，还有墨水！要是昨天，我会因为这样的善举而高兴万分的；可是现在，我却只是识破了魔王的诡计。杰弗里，它全在我脑子里，那一整首诗。我只需要把它写在纸上就行了。可我知道，我绝不能这么做。这些话——噢，绝不能允许它们进入这个世界！”

可他还是拿出了一张棉纸，还有山达胶粉，还有尺子。他抽泣着写了起来。羽毛笔发出的刷刷的噪音就像蚂蚁在啃木头，听得杰弗里皱起了鼻子，但它没有离开诗人的囚室。它在等待魔王的到来。

果然，夜幕降临，魔王悄悄溜进了疯人院。他身穿绿色条纹马甲和天鹅绒外套，看上去活脱脱就像个伦敦的批评家。他站在囚室的铁窗外往里窥视。

“现在怎么着，杰弗里，”撒旦说，“我的诗人怎么样了？”一眼就能看见，诗人正在床上一面发抖、一面啜泣。听见魔王的声音，他双手掩面，开始喃喃祈祷起来。

杰弗里轻蔑地转身对着墙壁。魔王戏弄了它。魔王是坏蛋。魔王可能没有摸杰弗里或者爱抚它脑袋这个荣幸。杰弗里更感兴趣的是盯着这堵墙看，全神贯注地盯着。墙上或许有只苍蝇，或许没有。撒旦，这堵墙可比你有意思。

“唉，”撒旦说，“杰弗里，虽然失去你的好感让我很受伤，可是今晚我有更重要的事要干。”说到这里，撒旦把注意力转向了诗人，用人类的语言说道：“我的诗写得怎么样了？”

“撒旦，给我滚！”[1]

“拜托，”魔王将双手勾在外套的前翻领上，说道，“一个语言大师用起了陈词滥调，这可是件悲哀的事。而且对老朋友这么说话也算不上有礼貌吧！怎么，在你年轻的时候，难道我不是帮过你很多回吗？帮你跟乡下妞上床，或是帮你躲债主。现在我单单让你替我做一件事，你就因为要报答我的好意而哭哭啼啼？真不要脸。”

“我就不该答应，”那人说，“主啊，请原谅我的软弱！”

---

1 出自《新约·马太福音》，是上帝对彼得说的话，所以下文魔王称之为陈词滥调。

“啊呀，”魔王说，“我们不都这样吗。不过垂头丧气的话也说够了，我的诗写得怎么样了？”

那人的身子被猛然间拽得笔直，就像一只狗给链子拖了起来似的。他依旧穿着睡衣，从床上爬了起来，拿起几张纸，僵硬如铁的手臂伸出铁窗，把纸递给了魔王。

魔王掏出一副琥珀眼镜和一支红色羽毛笔，兴致勃勃地细看着那些纸，时而自言自语地发出高兴的哼哼声，时而又皱起眉头，在一阵阵怒火中画掉些什么。“大写分句法，先生！”他说，又道，“先生，你不能用‘爱河’和‘白鸽’来押韵，很老套，我是不会允许的。还有，第一次引用《人论》[1]这里我很喜欢，可是再引用第二回就让你这首诗显得像派生作品了，你不觉得吗？”

诗人从疯人院的囚室里便于观察的位置盯着那几页

1　18 世纪英国大诗人亚历山大·蒲柏（Alexander Pope，1688—1744 年）所作，长篇哲理诗《人论》其实是一部关于人、自然与社会关系的巨著的序论，探讨了人在宇宙中的正确位置、心理和谐、社会关系以及幸福问题，作于 1734 年。

纸，模样很可怜。囚室里的杰弗里开始低吼起来。魔王不进来吗？好吧，那杰弗里就去找他。

“先生，这作品很了不起，”魔王说着，把手稿重新塞回了诗人颤抖的指缝里，“我对你的进展相当满意。好好想一想我建议的修改内容。明天半夜，我会回来取最终版。”

“我不会这么做的！”

“可是好先生啊，你就得这么做。你已经做了交易，现在你可以坐在这儿，沉浸在痛苦之中；或者也可以安慰自己，你的诗会被人们铭记在心里。对我来说都一样。”

在他们俩说这番话的时候，杰弗里从铁栅栏间溜了出去。魔王穿着一双考究的法国靴子——魔王当然会偏爱法国皮革了，地道英伦风范的杰弗里心想——当魔王转身时，杰弗里扑了上去。

抓啊，咬啊！用力咬啊，爬啊！杰弗里同时攻击着一只长着危险利爪的黑猫、一条鳞片闪闪发光的猛龙、还有一个想把它从腿上抖下去的绅士。杰弗里被魔王甩来甩去，就像在毁灭的骇浪中漂荡的诺亚方舟。被撞、被敲、被咬、被痛打。可是杰弗里仍然紧紧扒在他身上，吼着、挠着！

“噢，真烦人，”魔王说，“那是我最喜欢的长袜。”

火焰与黑暗！阴影与悲哀！魔王把它甩掉了。杰弗里在半空中飞过，滑过地板。但它瞬间便又站了起来，眼中燃烧着烈火，皮肤像带电一般。它才不会放魔王走呢！

“我们非打不可吗？”魔王疲惫地说，“噢，很好。”

现在魔王开始认真交手了，他很可怕。仿佛上千只黄牙老鼠，从下水道里蜂拥而出；仿佛一位威猛的天使，振翅便生起飓风；仿佛一位手拄文明棍的绅士。狠狠一抽！

杰弗里的胸口痛得快炸了。它头晕目眩，一时间觉得自己站不起来了。可它必须站起来，它的腿又把它带回了战场。

杰弗里再次蹑手蹑脚地向魔王走去，试图避开撒旦的手杖的覆盖范围。突然间，那黑猫出现了，爪子朝杰弗里的双眼一挠，还没等杰弗里出爪，它就蹦开了。杰弗里发出嘶嘶声，毛炸了起来，可是在它疼痛的胸腔里，某个地方有种感觉，这一战它或许赢不了，这一战杰弗里或许会送命。

死就死吧。杰弗里跳上那猫兼老鼠兼天使兼龙的脊背。它放着血，魔王的血，气味犹如燃烧的玫瑰。

魔王在它嘴下飞快地一拧，黄牙飞快地咬下。一阵剧痛窜过了杰弗里的脖子。魔王咬住了它的喉咙。

杰弗里挣扎着，想抓住点什么，可它什么也抓不住。它眼前发黑，能感觉到魔王的牙齿紧紧压着它生命的脉动。

它隐约听到诗人在叫嚷。“别，别！”那人喊道，“请饶了我的猫吧！我发誓，我们不会再给你添麻烦了！”

魔王松开了它。“哎哟，哎哟，”他说，他把杰弗里吐出来，又考验了一回，“很好。”

杰弗里在黑暗中下坠，没完没了地下坠——

杰弗里觉得痛。魔王咬伤的地方让它一阵阵剧痛。那地方舔不到，可它还是试着去舔，这样也疼。

“可怜的杰弗里！可怜的杰弗里！”诗人说，“噢，你这勇敢的猫儿啊，愿主耶稣保佑你和你的伤。”

杰弗里的耳朵前后弹动着。比疼痛更难受的是胸口沉甸甸的感觉，因为它打了败仗。杰弗里打了败仗！在它还是小猫咪的时候，这样的事倒是有可能，可是如今——

就算是现在，我也能感觉到那张纸正召唤着我，诗人叹气道：“哦，杰弗里，在这儿躺着，重新好起来吧。我必须完成任务去了。”

听见这话，杰弗里不再去舔伤口，而是盯着诗人瞧。它想表达的意思是那人不该写这首诗。这一回，那人似乎明白了。

噢，杰弗里，我做了笔交易，我骨子里有种预感，我没办法抵抗。当我把那首诗交给他的时候，我就把自己这颗灵魂也交给他了！可还能怎么办呢？杰弗里，什么办法也没有。你必须得好起来。这诗必须得写出来。

杰弗里连反驳的力气也没有了。它从诗人放在它身旁的水碗里喝水，在阳光下睡了一会儿。

当它睁眼时，午后的阳光从装有栅栏的窗口斜射进来。杰弗里笨拙地爬起来，做起了祷告。清洁身体时，它思索着魔王和诗人的难题。这场仗杰弗里赢不了。这个叛逆的念头让它喉咙发紧，有那么一会儿，它想将其抛开，但这么做帮不了诗人的忙。

于是，杰弗里做了件从没做过的事情——它思考起了杰弗里的劣势和弱点。

虽然杰弗里很了不起，它想道，但单凭一己之力还不足以打败魔王。还必须做点别的事，做点让自己感到羞惭和痛苦的事。

一旦下定了决心，杰弗里便溜出了囚室。它并没有像平常那样钻到厨房的桌子底下去，而是一瘸一拐地进了院子，厨子在那里摆了碗牛奶，给别的猫喝，就是没资格统治疯人院的那些猫。

最先出现的是波莉。这是一只毛光水滑的灰猫，有只耳朵被扯烂了，举止谨慎，是它的一位旧情人。见到它身上的伤，波莉看起来有些难过。

“杰弗里，这是怎么了？”波莉用猫语说，猫语比它们专门朝人类发出的那些声音更意味深长，信息量也更大，“你看着就跟被只猎犬给啃过了似的。”

“我跟撒旦打了一架，”杰弗里说，“我打输了。”

波莉仔细查看了杰弗里的伤势：“魔王咬中了你的喉咙。”

“我知道。”

波莉探身向前，舔着它的伤口，杰弗里的耳朵往后一弹，但还是接受了它的帮助。这是今天发生的第一桩好事。

接着出现的是黑汤姆，是只叫人讨厌的野猫。“怎么了呀，杰弗里，”它说，“你瞧着灰头土脸的。”

“它跟魔王打了一架。”波莉说。

“我没打赢。”

“哈哈！那是肯定的呀。”汤姆毫不客气地喝起了牛奶。喝完以后，它若无其事地坐下，清理着胡须，“真没风度，杰弗里，真没风度，那是你的问题。”

“去年夏天跟你打架的时候，我的风度倒发挥得挺好的。”杰弗里厉声道，“可不是吗，还把你从我的厨房里屁滚尿流地赶了出去！”

“你这满嘴胡诌的狗东西！”黑汤姆炸起了身子，“你这该——该……恶狗！”

“吹牛皮！胆小鬼！”

“该……了你的眼！”黑汤姆吼道，“我要跟你决斗！”

“先生们，”波莉舔着前爪道，“院子是我的地盘，决斗是一种不体面的行为，并不适合品德高尚的猫。你们是要在一位女士自个儿的家中对她无礼吗？”

杰弗里和黑汤姆二猫都咕哝着道歉。

“确实，”波莉说，“如果撒旦在外面的话，那我们最好把爪子磨利了，好再跟他打。”

“我想说的就是这样的话。”杰弗里说。

“那你倒是说啊，伙计，”黑汤姆道，“我们可没那么多时间磨叽！”

“我还想听听另一只猫的主意，”杰弗里说着，冲院子里的第三只猫抬起了下巴。那是一只大摇大摆、蹦蹦跳跳的小黑猫，蓝丝带做成的项圈上挂着一只漂亮的铃铛，它在院子里蹦来蹦去的时候，铃铛就叮当作响。

“暗夜猎手猫宝啊。”波莉说着叹了口气。

“你好，波莉小姐！你好，汤姆少爷！你好，杰弗里少爷！”小猫用悦耳的声音说道，“你们想瞧瞧我的蝴蝶吗？是只黄棕色的蝴蝶，漂亮得很！我相信这是一只银弄蝶，这是我在露西的自然史课上学到的，这门课程非常重要。不过那个品种是林地蝴蝶！也许我把它所属的蝴蝶种类给弄错了！瞧瞧吧。”

暗夜猎手猫宝张开粉红色的小嘴，然后又闭上，它往四周看了看，有些困惑。

“我看你已经把它给吃了。”波莉说。

“噢，我是把它吃了！它可漂亮呢。那是牛奶吗？”

小猫扑向牛奶，喝了个饱。喝完以后，它就在碗边蹦来跳去，拍着大猫们的鼻子。不过当它来到杰弗里面前时，它却停了下来，神情有些担心。

“杰弗里少爷！你受伤了吗？”

“我跟撒旦打了一架。”杰弗里说。

噢！小猫睁大了绿眼睛，一下子跌坐回奶碗里，牛奶溅了它一屁股。

“杰弗里有话要说，”波莉说，“它需要我们专心听。”

“我专心着呢！真的！”小猫本来正在舔泼洒出来的牛奶，此时又将注意力转回到杰弗里身上。

杰弗里叹了口气。“前两天晚上，”它说，“魔王来到了疯人院。”

它把一切都告诉了它们：收买它的那次盛宴、呕吐物、与撒旦之战、诗人的绝望。其余几只猫瞪大了眼睛望着它。

讲到末尾，它弯腰弓背，说出了对一只猫而言世上最难说出的话：

“我需要你们的帮助。”

其余几只猫惊诧地看着它。杰弗里感觉到羞愧落在它身上，就像细细的粉尘。它垂下眼帘，细看一只正从鹅卵石上缓缓爬过的棕色甲虫身上的亮光。

“这事可真该……奇怪，”黑汤姆不情愿地说，“撒旦本尊哪！可是先生，要是你想借我的爪子一用，那我给你就是。”

“我也会帮你，”波莉说，“不过我承认，要对付这么个敌人，我拿不准我们能怎么办。”

“这一回有我们四个呢，”黑汤姆说，“四只猫！魔王不会知道是什么袭击了他的。”

“这个战略不对。”暗夜猎手猫宝说，它的声音听起来犹如出鞘的剑锋。

猫宝身上所有的奶猫气都一扫而空了。坐在奶碗前的是这院子里那位冷酷无情的杀手，说到这位刺客的名号“暗夜猎手”，贝斯纳尔格林的老鼠和鸟儿们都惊恐地窃窃私语。有传言说，猫宝的太姥姥乃是下界的一个魔鬼，这或许可以解释得通，它那双绿玻璃似的眼睛为何会具有那般不同寻常的敏锐，也可以解释得了它与死亡打交道的天分。确实，杰弗里眼看着猫宝的小影子似乎逐渐变大，一分为七，每个影子的形状都像是一只长着七根尾巴的巨猫。当暗夜猎手猫宝沉思着撒旦之事时，这些影子猫儿们的尾巴便甩来甩去。

“没错，作为猫，我们是虎天使的后裔，虎天使杀掉了埃及蠓鼠，”猫宝说，说话间，它的那些影子变幻成了老鼠和天使的形状，**“我们是上帝的战士，因此我们可以让撒旦流血，但我们杀不了他，因为他注定是另**

外一种命运。”

想到抓不住的猎物，暗夜猎手猫宝叹了口气，垂眼看着地面。那只棕色的甲虫还在那儿，在鹅卵石上慢慢跑着。它的鼻子随着甲虫移动起来。

“猫宝！”波莉严厉地说，“你正在跟我们讲该怎么跟魔王打呢！”

“哦，抱歉，抱歉，”猫宝说，它费了好大的劲才把视线从甲虫身上挪开。霎时间，它那七道影子又回来了，比方才更大了些，它们的爪子向着天空抬起。

“要打赢这一仗，我们就必须仔细想想，我们打算赢得的是什么。”暗夜猎手猫宝说。它的瞳孔不见了，眼中燃烧着绿色的火焰，**“是要弄死撒旦吗？不是。是要羞辱他吗？也不是。”**

“那只是你的想法，”黑汤姆说，“他会在我爪下落荒而逃的！”

小猫的影子们转过身来，不以为然地看着黑汤姆。当它再次开口时，它们的声音汇入了它的声音之中，听起来就像是千只苍蝇发出的嗡嗡声。

“这两样都不是！”猫宝军团叫道，**“想想看吧！魔王想要达到什么目的？”**

“毁灭世界。”波莉说。

“一首歌颂他如何伟大的诗。”黑汤姆说。

“诗人的灵魂。”杰弗里说。

“半点也没错，”猫宝军团吼道，**“而这三件东西其实又是一件东西。好猫杰弗里呀，只要你能把它从他那儿偷来，那你就打败了魔王。”**说完这话，它的影子们重新缩成了一个小猫形状的正常影子，绿眼睛里也再次出现了瞳孔。

“可是我要偷什么呀？”杰弗里绝望地问道。

猫宝茫然地看着他。“什么？”它说，“咱们要偷什么东西吗？”

“杰弗里，我认为暗夜猎手猫宝已经把它能说的都告诉我们了。”波莉说。

“可还是不够。”杰弗里说。思考比打架更难，何况它的脑袋还在疼。它紧闭双眼，仔细思索着发生过的一切。诗人、魔王、诗中之诗。

“我想，我知道得怎么做了，”它说，“可是要做到这一点，我必须从魔王身边偷偷溜过去，而他的眼睛很敏锐。”

“我们会帮你的。”黑汤姆说。

“我们会跟他打的。”波莉说。

暗夜猎手的眼中闪动着灵魂之火的光芒，一些影子从它背后向外窥看着。

“**而你呢，**”它吟诵道，“***要匍匐前进。***”

那天晚上，魔王心情不错。他在群星之间穿行，一边吹着口哨，手杖尖端在路上噼里啪啦地敲。不时会有一颗年轻的恒星被他敲飞，呼啸着坠落。

“晚上好啊，好伙计。”走进疯人院的时候，他对呼呼大睡的守夜人说。“还有你，本特利。”路过一间关着个杀人犯的囚室时，他说。那人尖叫着飞快地跑开了。终于，魔王来到了诗人的囚室。“你好啊，斯马特先生。我的诗你写好了吗？”

诗人惊恐地蹲在囚室的角落里。“不，不，求你了，耶稣啊，不要。”他呻吟道。但他手里却哆哆嗦嗦地拿着一张纸。

“妙极了，”魔王说，“来吧，把它交给我。一旦给我以后，你就会感觉好得多。”

诗人猛地挺直了身子，就像是个不太灵光的牵线木偶，握着那张纸的手挥向一旁。可是，当魔王伸手去拿的时候，他身后却传来了一声大吼。

“站住，交出来，你这该……的癞皮……那啥！”是黑汤姆，它的尾巴像画笔一样竖着。

在它身旁，波莉眯起了眼睛：“先生，你必须得离那诗人远点！”

“这是怎么回事？”魔王双手叉腰，端详着这两只咆哮的猫，“又多了几只猫来吓唬我的长袜子？”

“先生，我们要的可不光是你的长袜子。”波莉说。

“该……你的眼，我要扒了你的皮，你这————！！！！”

“居然说这种话！”魔王说。就连波莉也露出了震惊的表情。

“好吧，先生，”撒旦说，“不管是谁，都别想叫我——更何况是只满身跳蚤的野猫。放马过来啊，先生！”魔王再次变成了一只猫，也是个天使，还是个恼火的评论家，举起手杖当棍子用。正当魔王的手杖缓缓往下一挥，划出一道带着地狱之火的闪亮弧线时；正当魔王打算砸破跳来跳去、神气活现的黑汤姆的头顶时，上方响起了一声令人毛骨悚然的喊叫。

“我乃暗夜猎手猫宝是也！”

在魔王的头顶上方，积满灰尘的壁式烛台上，高踞着一只狂暴的小猫，它嘴利如刀，眼中喷火，有七个饥肠辘辘的影子。趁着魔王瞠目结舌地仰头看时，它纵身一跃，危险的利爪迅疾如光，恰好落在魔王扑了粉的假发上。

地狱之火！乱作一团！另外两只猫向魔王的腿冲去，抓挠着他的脸。他挥动着翅膀和拳头，又是咬、又是打。这一战的威力让疯人院的墙壁都随之震颤。诗人瘫倒在地，抽搐着、扭动着。每间牢房里的疯子都开始号叫起来。

杰弗里的耳朵向后趴着，继续匍匐前进，就像猫宝示范的那样。“**我们是天使的后裔，**”它曾说过，“**凭借这样的身份，我们就可以钻进所见的世界和本来的世界之间的空间。**”

这便是杰弗里此时所在之处，它沿着一条由粉碎的星尘形成的斜径，从魔王身边悄然经过，躲在那位目光锐利的敌对者想都没想到要去看看的空间褶层中。要匍匐前进并不容易，这不仅是因为杰弗里必须把猫身上的每一寸都挤入宇宙的这层褶皱之中，也是因为它背后正在上演一场它巴不得加入的混战。

它心里有一个声音悄声低语：从什么时候开始，杰弗里这个猫族中最光荣的战士竟然会在战斗中开溜？从什么时候开始，杰弗里变成了一个胆小鬼？难道它要让黑汤姆赢得打败魔王的这份荣誉吗？

但杰弗里对这个声音充耳不闻。它已经明白了，魔鬼不止一种，跟穿着天鹅绒外套、热爱诗歌的那种魔鬼相比，在你脑子里用你自己的心声说话的魔鬼要危险得多。

确实，恶魔对付三只猫要比对付一只更艰难。他的其中一个影子变成了一条龙，正在跟黑汤姆交手；撒旦扑了粉的假发变活了，正在走廊对面应付波莉。但在诗人的囚室正中，在闪电和地狱之火形成的风暴中，转着圈圈的撒旦和暗夜猎手猫宝身上都泼溅了对方的血。猫宝现在只剩五个影子了，绿眼睛也闭上了一只，但在有形的黑暗之火中，它的吼声依然闪烁着美丽的光芒。

“退下，你这卑鄙的小猫！”

“**我乃！暗夜猎手！猫宝！**”小猫尖叫着回应。就像战斗中的喊杀声一样，算不上标新立异，却说清了中心思想。杰弗里一边这么想着，一边溜向嘴里正在嘀嘀咕咕的诗人，越来越近。它在宇宙空间里小心翼翼地一寸寸往前爬，刚被撒旦干掉不久的那些恒星的魂魄低声鼓励着它。

“你们赢不了。”撒旦说。说这话的时候，他似乎镇定了下来。魔王的各个分体重新纠集到一起，在屋子中央汇成了一道火柱（唯有那顶扑粉的假发除外，波莉将它压在了楼梯上），“这个诗人是我的。要是再跟我作对，你们就会死。”

“那我们就死呗。”波莉说，它的牙齿上挂着一簇白发。在它身后，那顶扑粉假发的发卷乱得一塌糊涂，沿着楼梯往下滚，向自由而去。

“……你妈。”黑汤姆说。

瘫倒在地的小黑猫从地上摇摇晃晃地站了起来。“暗夜猎手，”它说，“猫宝。”

“很好。”龙兼猫兼评论家说着，张开了嘴。

杰弗里不再匍匐前行了，它一跃而起。

火焰与洪水！惊奇与恐惧！杰弗里从诗人颤抖的手中一把夺过那张纸，整张吞了下去。吧唧、吧唧！桌上的纸也给吃掉了！吧唧！还有地上皱巴巴的草稿！杰弗里化作了一道饕餮的旋风！作为最后一招，它撞翻了墨水瓶，把墨水舔掉了。咕嘟、咕嘟！接招吧，撒旦！

魔王站在囚室中央，几只猫挂在他胳膊上。他脸上那副表情跟他在天堂之战中落败时相差无几，比他到达地狱时也只稍微高兴那么一两分。一般来说，当撒旦露出这副表情时，就是他即将开始高谈阔论的征兆。可是这一回，他要说的话全没了。那些话躺在一只打着嗝的姜黄色猫咪肚子里，那猫正朝撒旦眨着眼睛、舔着嘴唇。

“噢，见鬼，猫啊，”魔王说着，让那几只被勒得半死的猫落到了地板上，“你都干了些什么？”

杰弗里咧开嘴朝他一笑，它能感觉到体内有一片温暖的光芒，那是诗人的灵魂，正被它安然消化。诗人说过，他的灵魂就在这首诗里，现在杰弗里已经把它吃掉了。现在魔王拿不到了。

“不！”魔王尖叫起来，他大发雷霆，跺着脚，将双手放到脑袋上，把自己撕成了两半，那两半身体在狂暴的烟花中炸开了。

然后，或许是再一想之后改了主意，为了顾全尊严，魔王又冒了出来，抻了抻马甲，怒视着杰弗里。“你，”他说，“给文学留下了永远的伤痕，你这愚蠢的猫。”

说完这话，魔王转身离开了。

角落里的诗人踉跄着走上前来。“感谢耶稣！”他喊道，“杰弗里，你做到了！”

“还有我呢。”黑汤姆说。

“我们大家一起做到了。”波莉说。

“魔王把他的假发给忘了。”暗夜猎手猫宝说，它那只没受伤的眼睛眯了起来。

“谢谢，谢谢，我的朋友们。”杰弗里说，“在这件事上，我永远感激你们的帮助。”然后它绕着诗人转圈，咕噜噜地叫了起来。

这便是魔王如何来到疯人院，并且被了不起的杰弗里击败（尽管并非战败）的故事。我还有些别的故事可以讲，比如黑汤姆海战的故事、波莉涉足歌剧的故事，还有暗夜猎手猫宝对撒旦的假发展开的史诗般的搜捕，在伦敦各地留下了一长串恶作剧和糟心事的踪迹，持续数年。

但我却要以诗句来作为结尾：

因为我要琢磨我的猫咪杰弗里。

因为它是永生神的仆人，日日尽责地奉侍。

因为它夜晚替上帝防备那位敌逆。

因为它皮肤带电、双目炯炯，以此对抗黑暗的势力。

因为它活泼地对待生命，借此来对抗魔王，亦即死神。

因为它能匍匐前行。

——克里斯托弗·斯马特

圣卢克疯人病院，1763年

罗妍莉　译

蜘蛛罗斯

布鲁斯·斯特林

蜘蛛罗斯什么都感觉不到，几乎可以这么说。感受曾经存在，郁结在一起的一团情感，有二百年之久，她用一剂颅内注射将其捣毁，如今仿佛只剩下一只被锤子砸烂的蟑螂。

蜘蛛罗斯了解蟑螂，它们是机械派轨道空间站仅存的土著动物，从一开始就在宇宙飞船上滋生，特别顽强，数量繁多，适应消杀。迫不得已，机械派使用从变形派对手那里偷来的基因技术，把蟑螂改造成五颜六色的宠物。蜘蛛罗斯特别喜欢的一只有一英尺长，身上油亮的黑色角质覆盖着红色和黄色色素形成的扭曲线条，它附着在罗斯的脑袋上，饮用完美额头上渗出的汗水，而罗斯对此一无所知，因为她在别处，密切注意着到访者。

她通过八台望远镜观察，它们的影像经过她颅骨底部的神经-晶体中枢，被整理汇聚到她的大脑。正如她的蜘蛛标志，她现在有八只眼睛，耳朵是稳定微弱的雷达波，倾听，倾听预示投资者飞船到来的奇妙失真。

罗斯挺聪明，她也许已经疯狂，然而她的监控技术建立并人工维持保证她心智正常的化学基础。蜘蛛罗斯把这当做正常状态来接纳。

这就是正常，不是对人类而言，而是对一个二百岁的机械派成员而言，她生活在绕天王星运行的蛛网结构自旋空间站，体内沸腾着青年人的激素，智慧的面容既苍老又年轻，仿佛刚刚从石膏模子里拆出来。她的白色长发荡漾着，展现出植入的光纤，微小的光点在斜切的末端缓缓流出，仿佛微缩的宝石一样……她年事已高，但是不在意这点。她很寂寞，但是用药物粉碎了那些感觉。她掌握着投资者想要的东西，那些爬虫样貌的外星人愿意用他们的犬齿交换。

广泛延伸的货物接收网赋予她名字，她用这张聚碳酸酯材质的蛛网，捕获到一枚巴士汽车大小的宝石。

于是她不知疲倦地观察，大脑连接到她的仪器，她不是特别感兴趣，但肯定也不觉得无聊。无聊是危险的，无聊导致不安；在一座空间站，不安可能会致命，在这种地方，怨恨甚至平平常常的无心之失都能置人于死地。应有的生存状态应该是这样的：蹲踞在精神网络的中央，理性的欧几里得网线整齐地朝各方向外辐射，腿部勾连在一起，警惕着不安的情感引发的最微弱颤动。她一感知到纠缠在网线上那种感觉，便冲过去评估，将其灵巧地包裹起来，用具有注射功能的蛛牙利落且持续地刺透……

目标出现。她的八只眼睛注视着二十五万英里远的太空，发现了星星的涟漪环绕着一艘投资者的飞船。它们没有传统的引擎，不向外辐射可以检测到的能量。他们的星际驱动严格保密。无论哪个派系（因为没有更好的名称，他们仍然被松散地称为“人类”），对投资者驱动器明确的了解仅限于，船尾产生双曲线形状的条纹失真，在群星的背景中形成一种涟漪效果。

蜘蛛罗斯在一定程度上跳出静态观察模式，又一次在身体里感受到自己。计算机信号已经被减弱，仿佛她观察窗外时玻璃上倒映的面孔，叠加在自己的常规视场之外。她轻触键盘，用一束通讯激光精确对准投资者的飞船，发出一串数据脉冲：商业提议。（无线电太不稳定；也许还会吸引变形派海盗，她曾迫不得已杀死过三个。）

她看见投资者飞船突然停止并转向加速，尽管这违背一切已知的轨道动力学定律，但她知道自己有所耳闻和理解。趁着等待的时间，蜘蛛罗斯加载了一个投资者翻译程序，它有五十年历史，但是投资者们历久弥新，既不怎么保守，又同样不热心变革。

当飞船离她的空间站很近，不再适合星际引擎机动，它便用一股气流展开图案点缀的太阳风帆。太阳风帆大得足以把一颗小型卫星当成礼物包裹起来，但是两百年前的记忆都没有它纤薄，尽管薄得不切实际，但是分子级别厚度的壁画呈现在上面：在投资者大商队的壮观景象中，足智多谋的投资者已经欺骗了卵石覆盖的双足生物和容易上当的重行星气袋生物，后者的身体鼓鼓囊囊，充满财富和氢气。投资者种族伟大的女王们戴满了珠宝首饰，身边环绕着后宫男眷，在遍及数英里的投资者象形文字叙述之上，炫耀着花哨的复杂精致。那些文字叙述叠加着音乐符号网格，同时表现出他们半吟唱的语言中，应有的音高和声调。

她面前的屏幕上爆发出一阵静电扰动，一张投资者的脸庞出现在上面。蜘蛛罗斯从颈部扯下插头，打量那张脸庞：透亮的大眼睛被眨动的皮膜部分包裹，针孔大小的耳朵后边长着彩虹色褶边，皮肤坑洼不平，类似爬行动物的微笑露出钉子大小的牙齿。它发出几个声音。“我是少尉，”她的计算机翻译说，“莉迪亚·马丁内兹？”

“是我。”蜘蛛罗斯说，不屑于解释自己改了名字。她曾有过许多名字。

“我们以前跟你丈夫做过挣钱的买卖，”投资者饶有兴趣地说，“他近况如何？”

“他三十年前就死了，”蜘蛛罗斯说，那股悲痛已经被她碾碎，“变形派刺客杀死了他。”

投资者官员摆动了一下褶边，他没有尴尬，尴尬不是投资者天生具有的情感。“不利于业务，”他表示，“你提到的这块宝石在哪儿？”

“准备接收数据。”蜘蛛罗斯触碰键盘说。她一边认真准备自动展示的销售话术，一边注意着屏幕，通讯束已被屏蔽，以避免被敌人截获。

那是一辈子都遇不到的发现，最开始曾作为冰川的一部分存在，类似天王星原行星的冰卫星，在原始的时间长河中不停受到轰击，破碎、融化、再结晶。它在不同的时间至少破裂过四次，每一次矿物流在巨大的压力作用下进入断裂带：碳、硅酸锰、铍、氧化铝。当卫星终于破碎成著名的星环复合结构，巨大的冰坨漂浮了很久很久，被超短波辐射的冲击波淹没，随着所有星环结构中典型的奇异电磁涨落充放电荷。

然后在几百万年前一个关键的时刻，作为那些无声无形的电能中的一团，它成了一道巨型闪电的零电位点，释放出整整积累超过几十年的电量。大多数冰坨的外壳瞬间蒸发成等离子体，剩下的发生……改变，被封在裂缝中的矿物质此时是丝丝缕缕的绿柱石，在各处逐渐自然形成投资者头部大小的一块块翡翠，红色刚玉和紫色石榴石形成的网络跟翡翠纵横交错。还有大块大块的熔合的钻石，颜色不同寻常的炽热钻石，只有奇异的量子态金属碳能够形成。就连冰块本身都变得华丽独特，故而更加珍贵。

“你引起了我们的兴趣。”这名投资者说。对他们而言，这意味着极大的热情。蜘蛛罗斯笑了。少尉继续说道：“这是一件不同凡响的商品，它的价值难以估量，我们出价二百零五亿瓦特。”

蜘蛛罗斯说：“我有运行空间站和自我防御所需的能量。报价很慷慨，但是我根本储存不了那么多。”

“我们还会为你提供一个稳定的等离子体晶格用来存储。”这样极为阔绰的出手让人意外，目的是让她无法拒绝。人类没有建造等离子体晶格的技术，拥有一枚相当于十年一遇的奇迹，她简直难以想象。“不感兴趣。”她说。

投资者张开了他的褶边：“对星际交易的基本货币不感兴趣？”

“如果只能在你们那边使用，是的。”

“跟年轻的种族交易真是费力不讨好，”投资者说出了自己的看法，“那么我猜你想要信息。你们年轻的种族总想用技术做交换。我们有一些变形派的技术在他们的派系内交易——你对那些感兴趣吗？”

“工业间谍？”蜘蛛罗斯说，“你应该在八十年前这样跟我试试。不，我太了解你们投资者了。你们只会把机械派的技术卖给他们以维持力量的平衡。”

“我们想要竞争性的市场，”投资者承认，“这帮助我们避免讨厌的垄断，比如眼下跟你做交易，就是这种情况。”

“我不想要任何形式的权力。地位对我来说毫无意义，给我看点儿新东西。”

“不喜欢社会地位？你的同伴们怎么看？”

“我一个人生活。”

投资者用眨动的皮膜遮住了眼睛，“抑制了你群居的本能？一种不祥的发展。好吧我换一种方式。你考虑武器吗？如果你同意使用武器的各种条件，我们可以为你提供独特且强大的武器装备。”

“我的已经够用了。”

“你可以使用我们的政治手腕，我们可以大力影响主要的变形派组织，通过协议保护你免受他们的威胁。那要花上十或二十年，但是可以实现。”

“应该取决于他们是否担心我，”蜘蛛罗斯说，“而不是反过来。”

“那么，一座新的空间站，”投资者显得很有耐心，“你可以生活在纯金的环境中。”

“我喜欢现有的生活环境。”

“我们有些东西也许可以让你开心，”投资者说，“准备接收数据。”

蜘蛛罗斯花了八个小时查看各种各样的物品。不必着急，以现有的年岁，她已经急躁不起来，而且投资者追求的就是讨价还价。

她又得到的报价有产生氧气和异香的彩色藻类植株；塌陷原子组成的超箔结构，可以用来抵御辐射和防御袭击；可以把神经纤维变成晶体的罕见技术；一根光滑的黑色魔杖，可以把铁变得极具延展性，让你用手就能给它塑形；一艘小型奢华潜艇，用透明的金属玻璃制造，用来探索氨和甲烷的海洋；有图案的硅质自复制球体，随着它们的增长，便展开一场模拟外星文明诞生、发展和衰落的游戏；一艘微型海陆空三栖舰船，小到你可以把它像衣服一样穿在身上。“我不关心行星，”蜘蛛罗斯说，“不喜欢重力井。”

“在特定条件下，我们可以提供一台重力发生器，”投资者说，“它得具有防篡改功能，就像魔棒和武器一样，而且只能租借而不是直接售卖。我们必须避免泄露这种技术。”

她耸耸肩，“我们自己的技术曾给我们带来沉重的打击，已经掌握的技术都无法理解，我不明白为什么要让自己背负更多。”

“禁止清单以外，我们只能给你提供这些，”他说，“特别是这艘飞船有大量仪器设备只适用于极低温极高压环境下生活的种族。我们有一些你大概会非常喜欢的东西，不过它们会杀死你或你的整个种族，比如‘无法翻译’的文献资料。”

“假如我需要外星视角，我可以阅读地球文献。”她说。

“‘无法翻译’算不上文献，”投资者亲切地说，“其实是一种病毒。”

一只蟑螂飞到蜘蛛罗斯的肩头。“宠物！”投资者说，“宠物！你喜欢它们？”

“它们是我的慰藉。”她说着便让蟑螂咬下自己拇指的外皮。

“我应该想到，”他说，“给我十二个小时。”

罗斯去睡觉，醒来后一边等待一边通过望远镜研究外星飞船。所有的投资者飞船都覆盖着锤打金属形成的巧妙设计：动物头颅、金属镶嵌、体现虔诚信仰的场景和铭文，以及货舱和仪器。不过专家指出装饰之下的基本形状从来都一样：一个简单的八面体，具有六个长矩形侧面。投资者费了些心机来掩盖这个事实，当前的理论认为，这些飞船是从更先进的种族那里购买、发现或偷窃来的。当然，因为对待科学和技术的离奇态度，投资者们似乎不能自己建造。

少尉重新开始联络，眼睛上眨动的薄膜似乎比往常更苍白。他举起一只类似蜥蜴的小动物，它长着翅膀，带刺的修长头冠跟投资者的褶边一个颜色。“这是我们指挥官的吉祥物，名叫‘小鼻子貔貅’。我们所有人都喜欢它！跟它分别我们都感到伤心，是在这笔生意中蒙羞还是失去它的陪伴，我们不得不做出选择。”他把玩着吉祥物，吉祥物用长有鳞片的小爪子握住了他粗壮的手指。

“它……挺可爱的。”罗斯找到一个几乎被遗忘的童年词汇，发出它的读音时一脸厌恶，“但是我不会用我的发现交换一只食肉的蜥蜴近亲。”

“行行好吧！”投资者哀叹道，“指控我们的小鼻子来自充满病菌和巨大有害动物的巢穴……不过这也难免。听听我们的提议，你拥有我们的吉祥物七百加减五天，按你们的时间计算。我们离开你们的星系时会返回这里，你可以选择留下它或者保留你收获的宝石。与此同时你必须承诺不卖掉宝石，也不让别人得知它的存在。”

“你的意思是你会留下你们的宠物，作为交易的定金。”

投资者用皮膜遮住眼睛，然后半闭上卵石状的眼睑。这是极度痛苦的表现。“因为你无情地迟迟不做决定，我们把它抵押给你，莉迪亚·马丁内兹。平心而论，我们不相信能在这座星系找到比我们的吉祥物更能满足你的筹码，除了某些形式新颖的自杀。”

蜘蛛罗斯大吃一惊。她从没见过哪名投资者在情感上变得如此投入，通常情况下他们似乎怀有一种超脱的生命观，甚至有时展现出的行为模式类似一种幽默的感觉。

她在享受自我，已经过了投资者的任何常规商品都能吸引她的年龄。本质上，她在用自己的宝石交易一种内在的精神状态：不是追求一种情感，因为她捣毁了那些，而是追求一种更加清晰淡然的心境——被吸引。她想被勾起兴趣，想在死寂的星球和太空以外找一件事让自己忙碌起来。而这似乎很有趣。

“好吧，”她说，“我同意，七百加减五天，我不会讲出去。”她笑了。她已经五年没跟其他人类讲话，也没准备开始讲。

“照顾好我们的小鼻子貔貅，”投资者半是恳求半是警告地说，通过口音体现出这些细微的情绪，让她的计算机有效地识别出来，“即使你因为受到严重的心灵腐蚀而不想要它，我们还需要它。它珍贵稀有。我们给你发送照顾喂养它的说明，准备接收数据。”

紧绷的聚碳酸酯材料构成了她的蛛网状空间站，他们把运输那只生物的货舱射入其中。这张网织在由八根辐条组成的框架结构上，八间轮转的泪滴形舱室形成离心力，将辐条绷紧，在货舱的冲击下，蛛网优美地弯曲，八枚巨大的金属泪滴沿着简短美妙的自由落体弧线，被拉得更接近网的中心。在网的复原过程中，暗淡的日光沿着它反射，它也因为吸收货舱的惯性而损失了能量，所以转动得慢了一些。这是一种低价高效的接驳技术，因为旋转的速度比复杂的机动更容易控制。

腿上带钩的工业机器人沿着聚碳酸酯纤维飞快地跑过去，用钳手和磁性触手抓住了吉祥物的运输舱。蜘蛛罗斯亲自操纵领头的机器人，通过抓握和镜头来感知和观看。机器人把货舱推进一间气密过渡舱，取出盛放的货物，把货舱安放在一枚附着火箭上，推送回投资者的母舰。小型火箭返回，投资者的飞船离开，然后机器人列队返回它们的泪滴状停放舱，停止工作，等待蛛网的下一次震颤。

蜘蛛罗斯跟机器人断开连接，打开气密过渡舱，吉祥物飘进来。跟投资者少尉相比，吉祥物显得极其小巧，不过投资者都身材庞大，它其实有罗斯的膝盖那么高，在不熟悉的空气中有韵律地喘息，毫无规律地躲闪和飞奔。

一只蟑螂从墙壁上起飞，翅膀发出啪啪啪的嘈杂声音。吉祥物害怕地惊声尖叫，摔倒在地上，滑稽地检查自己瘦长的四肢有没有受伤。它半闭着自己粗糙的眼睑。仿佛是投资者婴儿的眼睛，蜘蛛罗斯突然觉得，不过她从没见过年幼的投资者，也怀疑是否有人类曾经见过。她隐约记得自己很久以前听说的事情——关于宠物和婴儿，他们的大脑袋、大眼睛、他们的柔弱和依赖性。她记得自己嘲笑过一个想法，也就是一只“狗”或“猫”的多情依赖能够比得上一只蟑螂的洁净的经济效益。

投资者的吉祥物恢复了镇静，弯着膝盖蹲在藻地毯上，对着自己鸣叫。类似迷你版巨龙的脸庞挂着一抹狡猾的微笑，勉强裂开的眼睛警惕性十足，火柴杆粗细的肋骨随着每次呼吸上下移动。它的瞳孔巨大，蜘蛛罗斯以为它一定觉得光线非常昏暗。投资者飞船上的照明类似炽热的蓝色弧光灯，充满了紫外线。

“我们得给你起个新名字，”蜘蛛罗斯说，“我不懂投资者的语言，所以无法用上他们给你起的名字。”

吉祥物友好地注视着她，又支起一点罩住针孔耳朵的半透明翼膜。真正的投资者没有这种翼膜，她迷上这种对常规的进一步偏离。其实除了翼膜，它看起来十分类似一个微型的投资者，这样的效果让人不寒而栗。

“我要叫你毛毛。”她说。吉祥物没有毛发，这是个私人笑话，不过她所有的笑话都是私人的。

吉祥物踩着地面蹦跳过来，这里的人造旋转重力比身躯庞大的投资者使用的1.3g也更小。它抱住罗斯的一条腿，用砂纸一样粗糙的舌头舔舐膝盖。罗斯哪怕有点警惕，但还是笑起来。不过她知道投资者绝对没有攻击性，他们的一只宠物也不会危险。

它发出迫切的鸣叫声并爬到罗斯的头上，抓住一把闪耀的光纤。罗斯坐在自己的数据控制台前，调出了照顾饲养说明。

投资者显然没打算交易他们的宠物，因为说明几乎难以理解，有种二次或三次转译自更加深奥的外星语言的感觉。不过符合投资者传统的是，无聊的实际操作是重点强调的内容。

罗斯放松下来。显然这种吉祥物什么都吃，不过它们更喜欢右旋蛋白质，也需要某些容易获得的微量元素。它们的抗毒性极强，没有原生的消化细菌。（投资者也是一样，还把携带消化细菌的种族当成是野蛮人。）

罗斯查询吉祥物的呼吸条件，与此同时它从罗斯的头上跃下，在控制台上蹦蹦跳跳，差点中止了程序。罗斯把它撵走，在密集的外星图表和混乱的技术材料中寻找可以理解的内容。突然，她识别出以前担当技术间谍时见过的材料：一张遗传基因图表。

她皱起眉头。看起来她似乎读过了相关的章节，翻到另一篇完全不同的论述。她仔细阅读数据，发现了一个极其复杂的基因结构三维插图，长螺旋链上的外星基因都用不可思议的颜色标记出来。一个致密的中央结节上呈放射状凸起了很多长长的突刺，基因链就缠绕在其上。紧密交织的单环基因链进一步延伸，把一枚枚突刺连接起来。这些基因链显然从它们在突刺上的连接点激活了不同部分的基因材料，因为她能看见从属蛋白质的影子链条正在从某些被激活的基因上剥离。

蜘蛛罗斯笑了。毫无疑问，一名高水平的变形派遗传学家可以从这些蓝图中收获颇丰。一想到他们永远不会有机会，罗斯就感到好笑。显然这是某种外星工业基因复合体，因为其中的基因材料超过了实际存活的任何动物的需求。

她知道投资者们绝不会摆弄基因，但好奇在十九个已知的智慧种族中是谁创造了这种生物。它甚至也许来自于投资者的经济版图之外，或者可能是一个灭绝种族的遗物。

她好奇自己是否应该清除这些数据，如果她死了，数据或许会落入坏人之手。一想到自己的死亡，一片严重沮丧的阴影首次缓缓迫近，令她感到不安。她一边思考，一边任凭这种感觉积累了片刻。投资者不小心让她看到这个信息，抑或他们低估了圆滑迷人的变形派在惊人提升的智力的加持下所具有的遗传学能力。

她头脑里有种晃动的感觉，眩晕的时候，被化学物质镇压的情感倾尽被压抑的力量，喷薄而出。她对投资者产生了极其痛苦的嫉妒感，因为他们凭借愚蠢的无知和自信在星际间航行，诈骗他们所谓的低等种族。她想要跟他们一起，想要登上一艘神奇的飞船，在远离人类缺点的几光年远的外星，感受阳光灼伤自己的皮肤，想要像一百九十三年前在洛杉矶乘坐过山车的小女孩那样尖叫和体会，根据绝对纯粹的感知强度尖叫，随着她在丈夫怀中被席卷的感受尖叫。她的男人已经去世三十年。去世……三十年……

她的手在颤抖。她打开控制台下方的抽屉，消毒剂散发出臭氧，闻起来有微弱的医院气味。她摸索着推开头发，露出插入颅骨的塑料管，连接注射器，吸气，闭眼，再次吸气，开始注射。然后她重新装满注射器，把它放进抽屉，用尼龙搭扣固定，与此同时她的目光变得迟滞。

罗斯拿起药瓶，茫然地看着它，余量还有不少，再过几个月她才需要合成。她的大脑像是有人踩在上面，捣毁感受之后一直都是这样。她关闭投资者的数据，心不在焉地把它存入计算机存储器的隐蔽角落。吉祥物站在激光通信接口上简短地歌唱，然后开始整理翅膀。

很快罗斯又恢复了正常，露出笑容。这些突如其来的发作她认为理所当然。她服下镇静剂缓解双手的颤抖，又服下抗酸药缓解胃部不适。

她跟吉祥物玩耍，直到它疲惫睡去。一连四天，罗斯精心饲养，特别注意没有过度喂食，因为和它的典型参照——那些投资者——类似，它也是个贪婪的小家伙，罗斯害怕它撑坏了自己。哪怕吉祥物是皮肤粗糙的冷血动物，罗斯还是逐渐喜欢上了它。如果厌倦了讨要食物，它就会玩好几个小时绳子，或者在罗斯监控派往星环采矿的机器人时，它会放松地坐着观看屏幕。

第五天罗斯醒来时发现，吉祥物杀死并吃掉了她四只最大最肥的蟑螂。罗斯胸中充满怒火，她没有使用药物压制，而是满舱搜寻它。

结果没有找到，相反在几个小时的搜寻之后，她发现坐便器的下方塞着一个吉祥物大小的茧。

它进入了某种形式的休眠。罗斯原谅了它吃掉蟑螂，反正它们容易被替换，会争夺她的宠爱。它像是在讨好，可是罗斯突然感到担忧，把别的想法都抛在脑后。她仔细查看茧，发现它由层层叠叠的透明易碎物质组成——干涸的黏液？——她用指甲就能轻松抠下来。

这颗茧不是完好的圆形，隐约可见的小小突起可能是吉祥物的膝盖和臂肘。罗斯又注射了一剂药物。

吉祥物休眠这一周她极度焦虑。她仔细阅读投资者的信息记录，可是因为水平有限而无法解读内容。至少她知道吉祥物没有死，因为那颗茧摸上去是温的，里边的突起有时还会抽动。

吉祥物开始破茧而出时，罗斯还在睡觉。不过，她设置监视器发出警报，第一声警铃响起时，她冲到了现场。

那颗茧正在裂开，一道缝隙出现在层层叠叠的易碎外壳上，一股温热的动物臭味渗入循环空气中。

然后一只爪子伸出来，覆盖着闪亮的皮毛，第二只也伸出外壳，两只爪子抓住裂缝的边缘，扯掉了缚在身上的茧。它走到光亮处，像个小型的人类，拖着脚步踢开了外壳，然后它微笑起来。

它像一只小猴子，小巧、柔软、闪亮。它微笑的人类嘴唇后边是小小的人类牙齿，在有弹性的圆腿末端长着柔软小巧的婴儿脚丫。它蜕去了翅膀，眼睛的颜色跟罗斯的一样，小圆脸上光滑的哺乳动物皮肤呈现出绝对健康的淡玫瑰红色。

它跳起来，含混不清地大声发出人类音节，罗斯借此机会看见了它粉红色的舌头。

它蹦过来，抱住罗斯的腿。罗斯既害怕又惊讶，同时深深地松了一口气，爱抚摸它坚硬的小圆脑袋上柔软无瑕的光洁皮毛。

“毛毛，”她说，“我真高兴，非常高兴。”

“哇哇哇。”它用孩子般的高音模仿罗斯的语调说。然后它跳回自己的茧并开始用双手捧着食用，同时脸上露出了微笑。

她现在明白投资者们为什么如此不愿意提供他们的吉祥物，它是价值极大的交易物，遗传工艺品，能够判断出一个外星物种的情感需要和需求，并在几天时间里据此来自我改造。

罗斯开始好奇，投资者们究竟为什么把它送走，是否完全理解他们这只宠物的能力。她当然觉得他们不理解跟随吉祥物一起发送过来的复杂数据，这只吉祥物很有可能是以蜥蜴的形态从其他投资者那里获得的。它也许比整个投资者种族更加古老，这甚至很有可能（一想到这她就感到一股寒意）。

罗斯盯着吉祥物：盯着它清澈、真诚、信任的眼睛。它用小巧、有力、温暖的双手攥住罗斯的手指。罗斯情不自禁地把它抱在怀里，它愉快地发出含混不清的声音。没错，它可以轻而易举地活上几百或数千年，在几十个不同种族间散播爱意（或同等的感情）。

谁会伤害它呢？即使罗斯自己的族人中最冷酷邪恶的家伙也有不为人知的弱点。她想起集中营看守心安理得地屠杀男男女女，但是还会在冬天精心喂养饥饿的鸟儿。恐惧滋生恐惧和仇恨，可是怎么能有人恐惧或仇恨这个生物？怎么能有人抗拒得了它无与伦比的力量？

它不是智慧生物，不需要智慧，也没有性别。繁殖能力会毁掉它作为交易物的价值，另外她怀疑如此复杂的生物能否从子宫中生长出来。它的基因需要在某个难以想象的实验室中，绕着一个又一个突刺构建。

时光日渐流转，吉祥物感知罗斯心情的能力几乎神奇得不可思议。每当罗斯有需要，它总会陪在身边，反之它就会消失不见。罗斯偶尔会听见，它像演杂技一样跳跃或捕食蟑螂时，会跟自己喋喋不休。它从来不淘气，偶尔弄洒食物或打翻什么东西，它会悄悄地自己清理干净，还会把不怎么让人讨厌的小颗粒粪便扔进罗斯使用的回收器。

只有这些迹象展现出它超越动物的思维模式。一次，仅有一次，它模仿罗斯，丝毫不差地重复一句话。罗斯被惊呆，吉祥物立即感受到她的反应，再也没有试图对她鹦鹉学舌。

罗斯和吉祥物睡在同一张床上，有时候，罗斯睡着时会感受到，它温暖的鼻子贴着自己的皮肤轻轻喘气，仿佛它能透过毛孔嗅出罗斯抑制的情绪和感受。有时候它会用结实的小手在罗斯的脖子和脊柱上按压，那里总会有一块紧张的肌肉舒畅地放松下来。白天罗斯从不允许这样，不过到了夜里，她的自制力在睡眠中大幅削弱，两者之间就会产生一种默契。

投资者已经离开了六百多天，一想到自己捡了这个便宜，她就会笑。

罗斯再也不会被自己的笑声吓到，甚至减少了情感抑制剂的用量。她快乐的时候，她的宠物似乎更加快乐无比，有宠物在她身边陪伴时，年代久远的忧愁似乎也更容易承受。紧紧抱着自己的宠物，罗斯开始一个接一个地面对古老的痛苦和创伤，在它光洁的皮毛上洒下治愈的泪水。它一一舔净泪水，品尝其中包含的情感化合物，细嗅罗斯的呼吸和皮肤，在她啜泣得颤抖时紧紧抱住她。回忆太多，她觉得自己年事已高，高得吓人，不过与此同时她又新体会到一种完满的感觉，使得她能够承受。过去她做过一些事情——残忍的事情——从来没有忍受过愧疚带来的麻烦，相反她将其碾碎。

如今几十年来头一次，她再次隐约唤起了一种目标感。她想再看看人类——几十人，数百人，他们都会羡慕她、保护她、珍惜她，她可以在乎他们，他们会保证她比只有一个伙伴时更安全……

罗斯的蛛网空间站进入了轨道上最危险的部分，将穿过星环平面。她在这里最为忙碌，要接收一块块冰原料、碳粒陨星、金属矿石漂浮物——都是她的遥控开采机器人发现并输送过来的资源。这些星环中有亡命之徒：贪婪的海盗、等待出击的偏执殖民者。

在她的正常轨道上，远离黄道面的地方，她是安全的。可是在这里有指令要广播，有能量要耗费，她获取和开采的小行星被俘获后，会挂载强力质量加速器，留下暴露位置的痕迹。这种风险不可避免，即便是设计最优的空间站也不是一个完全封闭的系统。她的这座既庞大又古旧。

他们发现了她。

三艘飞船，一开始她想虚张声势，把他们吓跑，所以经由遥控机器人信标向他们发送了标准的截停警告。他们发现并摧毁了信标，可是通过信标有限的传感器，那些袭击已经向她暴露了他们的位置，并传送了一些模糊的信息。

三艘造型流畅的飞船，半金属半生物的多彩船舱，昆虫风格的太阳翼比水面的浮油还薄，但是装有修长的加强筋。变形派的太空船，外表遍布着高低起伏不平的传感器、伸出一根根磁力或光学武器，长长的货物操作臂像螳螂的前肢一样折叠起来。

罗斯接入自己的传感器，坐下来仔细研究他们，接收平稳的数据涓流：距离估值、命中概率、武器状态。使用雷达风险太大，她依靠光学观测他们。对于激光武器来说这样可行，不过她的激光并非最佳武器。她也许能击中一艘飞船，可是余下的会攻击她。他们在星环徘徊时，她最好保持静默，悄悄借助惯性飞出黄道面。

然而他们已经发现罗斯，她看见他们收起光帆，激活离子引擎。

他们在发送无线电信号，罗斯把信息显示在屏幕上，不想让它出现在脑海里让自己分心。一张变形派成员的脸显现出来，基于东方血统的基因谱系之一，光滑的黑发用宝石别针向后卡住，长有内眦赘皮的黑眼睛上方是黑色细眉，苍白的嘴唇微微弯曲，展现出迷人的微笑。演员般光洁无瑕的面庞上有一双不老的眼睛在闪烁光芒，仿佛它们属于一个狂热分子。“杰德·普赖姆。”她说。

“杰德·普赖姆上校-医生，”这位变形派一边说，一边用手指摆弄着黑色军装上展示军衔的金色领章，“最近还在自称‘蜘蛛罗斯’吗，莉迪亚？嗯，还是说你把这个名字也从大脑里擦除了？”

“你怎么没死，还当了兵？”

“世易时移啊，蜘蛛。年轻有为的生命之光被你的老朋友们掐灭，我们这些做了长远计划的家伙们被留下来处理旧债。你还记得旧债吗，蜘蛛？”

“你以为自己会活着结束这次碰面，是吗，普赖姆？”罗斯觉得自己的脸部肌肉因为没空抑制的极度仇恨而纠结扭曲，“用你自己的克隆体驾驶三艘飞船，你在自己那块石头星球上龟缩了多久？跟一只蛆藏在苹果里似的。不停克隆。上次有女人让你碰她是在什么时候？”

他永恒的笑容扭曲成露出白牙的淫笑，“没有用，蜘蛛，你已经杀死了三十七个我，我还能不停找上门来，不是吗？你这个可怜的老妖婆，蛆到底是什么东西啊？你肩膀上那只变种生物吗？”

罗斯甚至没有注意到宠物在那里，自己的心因为替它感到恐惧而刺痛，“你靠得太近了！”

“那开火啊！朝我射击，你这个肮脏的老糊涂！开火！”

“你不是他！”罗斯突然说，“不是最初的杰德！哈！他已经死了，不是吗？”

克隆人的面庞因为愤怒而扭曲。激光闪耀，她的三座生活舱被熔化成废渣和金属等离子云。三台熔化的望远镜最后发出一股强烈得难以忍受的亮光，仿佛一道灼人闪电在罗斯的脑海里亮起。

她用电磁武器连续射出一阵铁质弹头进行反击，它们以每秒四百英里的速度把第一艘飞船打成筛子，让它喷洒出空气和冰晶云团。

另两艘飞船开火，它们使用的武器罗斯以前从没见过，像巨人的一对拳头一样又摧毁了两座舱室。网状结构随着冲击而震颤，它失去了平衡。罗斯立即了解到哪些武器系统没有受损，使用包裹着金属外壳的氨冰弹反击。它们穿透第二艘变形派飞船的半有机物侧壁，形成的微孔虽然立即被封住，但是船员都完蛋了，氨冰在内部蒸发，瞬间释放出致命的神经毒素。

最后一艘飞船有三分之一的概率命中她的指挥中心，蜘蛛罗斯用尽了长达二百年的好运。控制按钮上的静电刺痛了她的双手，这座舱室的光都熄灭了，她的计算机全面崩溃。罗斯尖叫着等待死亡。

死亡没有降临。

她的嘴里因为恶心不断涌出胆汁，她在黑暗中打开抽屉，往大脑中注入液体镇静剂。然后她坐在控制台的椅子上剧烈呼吸，她的恐慌被化解。“电磁脉冲，”她说，“让我掌握的一切瘫痪了。”

宠物叫了几声。“如果可以他早就消灭我们了，”罗斯对自己的宠物说，“主结构崩溃时，其他舱室肯定建立了防御。”

宠物跳上她的大腿，罗斯感到一下重击，恐惧地颤抖。她心不在焉地抱住宠物，抚摸柔软的脖子。“我们瞧瞧，”她对着黑暗说，“冰质毒剂已经不起作用，我在这里撤销了它们。”她从脖子上拔掉无用的插头，又从潮湿的肋部掀起长袍，“那就使用喷雾，炽热的金属铜离子形成漂亮的浓雾，喷坏他的每个传感器。他会在金属棺材里盲目地驾驶。就跟我们一样。”

罗斯笑起来，“只不过老罗斯还有一招，宝贝儿。投资者，他们会来找我，没有谁来找他。我仍然拥有宝石。”

她无声地坐着，依靠人工注射药剂形成的冷静允许她思考难以想象的情形。宠物不安地晃动，闻她的皮肤，在她的爱抚下已然平静了一点，她不想让这只宠物受到折磨。

罗斯用另外一只手捂住宠物的嘴，把它的脖子扭断。旋转重力让罗斯保持强壮，它没时间挣扎，罗斯在黑暗中将它举起，感受它的心跳时，它因最终的颤抖而四肢晃动。罗斯的指尖感受到脆弱的肋骨下最后的搏动。

“氧气不足。”她说。被遏制的情感企图挣扎，不过失败了。她还剩下很多抑制剂，“组成地毯的藻类会在几周时间里净化空气，但是没有光，藻类就会死亡，我也不能食用。宝贝儿，食物不够吃，菜园被毁，即使它们没有被炸掉，我在这里也无法获得食物，没法操纵机器人，甚至打不开气密过渡舱。假如我活得够久，他们会来撬开船舱，救我出去。我得提高生存的概率，这是明智的行为。我在这样的处境中只能采取明智的行为。”

蟑螂——至少她能在黑暗中捕捉到的所有蟑螂——都被吃光以后，她断食了很久，那是一段黑暗的时光，然后她食用宠物身上未腐烂的部分，甚至在一定程度上麻木地希望自己中毒。

第一眼看见投资者耀眼的蓝光射入损坏的气密过渡舱时，她避开双眼，靠嶙峋的双手和膝盖向后爬去。

投资者的船员穿着太空服防止自己被细菌感染，罗斯很高兴他闻不到自己黑牢里的臭味。他用投资者的笛音语言对罗斯讲话，可是罗斯的翻译软件已经不再工作。

然后罗斯以为他们会抛弃她，留她在黑暗中被饿死，掉落的光纤头发让她的脑袋左秃一块右秃一块。可是他们把她带上飞船，用灼人的消毒剂浸泡，用杀菌紫外线炙烤她的皮肤。

他们拿到了宝石，不过她已经知道了这点。他们想要——（这才困难）——他们想要了解的是自己的吉祥物遭遇了什么。他们的手势和零碎拼凑的人类语言难以理解。罗斯知道她对自己做了糟糕的事情，在黑暗中过量用药，在模糊的意识中跟一只代表恐惧的黑色大甲虫缠斗，它破坏了罗斯精神蛛网的脆弱网格。罗斯感到非常糟糕，体内出了问题，营养不良的腹部仿佛一面紧绷的鼓，双肺如同遭受碾压，她的骨头感觉不对劲，眼泪也流不出来。

他们对她坚持不懈，她想死，想要他们的爱与理解，她想——

她的喉咙被堵住，没法说话。她的头向后仰，瞳孔在顶灯刺眼的强光中收缩。下巴脱臼时，她听见无痛的碎裂声。

她呼吸停止，仿佛解脱，食管一下下逆蠕动，嘴里充满了液体。

一股有生命的白色物质从她的口鼻缓缓流出，接触皮肤的地方引发触电一般的感觉。白色物质流过眼球，覆盖并舒缓它们。随着一波又一波透明液体漫过她的皮肤，覆盖她的身体，将她完全包裹，强烈的冰冷感和无力感浸入她的体内。她放松下来，充满了一种昏沉愉悦的感激之情。她不再饥饿，有大量多余的质量可以消耗。

八天后，冲破身上包裹的易碎叠层，抖起覆盖鳞片的翅膀，她破茧而出，渴望一根拴住自己的链条。

耿辉　译

泽克如何在两万英尺高空找到信仰

约翰·麦克尼科尔

老爹常说：要是一个男人说他害怕，那他多半不是在骗人。他可以骗你说他睡过多少姑娘，在酒吧里干翻过多少猛男，挣过多少钱，等等等等。然而要是一个男人说他害怕，而且还是说给其他男人听的，好的，他肯定没有骗人。

所以我就说了：我害怕。小德、扳手、鲨鱼、鼻屎、神父和其他人，大家都害怕。换了是你，你也得害怕，因为你在一个巨大的金属圆筒里，圆筒在黑暗里飞啊飞，迟早会被击中，引擎嗡嗡响，风嗖嗖刮过“美人号”的缝隙，你脑子里只有一个念头，那就是你离老家太远了。你上过多少次铁鸟，又开回去过多少次，这些都不重要。每次你出发去往德国鬼子头上扔炸弹，都会希望你别抽中下下签。

妈的，神父已经知道在另一头等待我们的是什么了，你看他把念珠挂在脖子上，圣克里斯多福徽章别在腰带底下，每次有一架米斯特[1]从云层里钻出来，他都会说一遍圣母保佑。然而我们里面有一个人一点也不害怕，他就是泽克。

好吧，或许他也害怕，只是隐藏得特别好。泽克来自纽约市，说不定这就能解释一切了。他特别能说，他和神父经常一聊就是几个小时，到最后我们全都累了，上床用枕头捂住脑袋，这样就不用听泽克说神不存在而神父说当然存在了。

泽克说除了眼睛能看见的，他什么都不相信，因此没有天堂可供期待，也没有地狱需要害怕。所以有什么好担心的？死就是死，担心既不会让你更痛苦，也帮不

1　当指德国飞机制造商梅塞施密特（Messerschmitt），他们制造了德军的主力战机，包括 Bf 109、Bf 110 和 Me 262。

了你。

至于我，我觉得这话真是太傻了。我不知道魔鬼是不是像主日学校的画板上那样穿红睡裤，或者像神父说失乐园的书里那样长着蝙蝠翅膀飞来飞去。但我认识不少坏人，他们迟早会得到报应，不是在这一世，就是在死了以后。这是你凭直觉就会知道的事情。然而出于某些原因，泽克的心灵之眼从没睁开过。

上头给了我们（而且只给了我们）不限量的咖啡和糖果，请我们看电影，我们知道肯定要出事了。上头对你这么好，而你不是军官，你说这是什么意思？意思是他们要把你扔进什么东西里，而那东西多半是一大桶热乎乎臭烘烘的棕褐色玩意儿。

没错，电影结束后半个小时，扬声器里响起了集合号。通常来说，光是这个声音就足够把你的内脏变成一锅汤了，但我们刚享受完约翰·韦恩和高级咖啡，所以情绪激昂。于是我们一跃而起，还不到五分钟就在广场上列队站好了。

然后来了一个少校，还带着两个穿西装戴眼镜的家伙。

少校走到一顶会议帐篷的门口，朝我们喊道：“过来吧，姑娘们。”

另一个军官在帐篷里等我们。“先生们，”他说，声音像天鹅绒一样浑厚，但比冰还冷。意识到他在对我说话，我的后脖颈顿时寒毛直竖。另外，他说话像个英国佬，这一点非同寻常。我们可以坐下，这一点也非同寻常。

“我就不废话了，”英国佬说，“想确保这次任务成功是需要一些专业知识的，而你们并没有，但时间紧迫，你们是我们唯一的牌。今晚，你们要去德国。美国人通常不飞夜间任务，也几乎从不只出动一架轰炸机。但这次情况不一样。”

他看了一圈我们每个人。“你们要去轰炸一座教堂。”他说，声音小得近乎于耳语。我不由又起了一身鸡皮疙瘩，紧张得口干舌燥。“德国鬼子在教堂里藏了些非常重要的东西，因此司令部要我们去扔一堆黑贝蒂和她难看的胖姐妹，而且必须是今晚。部分航程会有战斗机支援，但后面就只能靠你们自己了。要是谁对以上两点有意见，现在还来得及退出。”

我们没人退出。

我们看电影的时候，他们已经把“美人号”准备好了。我们飞快地跑回营房，换掉迷彩服，穿上飞行服，又飞快地跑回机场上。

列队的时候，神父问我：“准备好了？”我看着铁鸟的机首，画在上面的金发大妞太漂亮了，她朝我微笑，身穿陆军妇女队的制服，衬衫紧了那么一点点，裙子短了那么一点点，靠在一口破钟上对你挥手。她就是“自由美人号”。这架 B-17 轰炸机长 74 英尺，整个儿是个带翅膀的死神，每次我上飞机都会吓得半死，每次执行完任务下飞机都会欢腾得像是在翠绿草地上奔跑的马驹。

“嗯，”我对神父说，“准备好了。你呢？”

“每时每刻。”他当然在撒谎。和我一样。“我等不及要往德国鬼子的后院扔炸弹了。哪怕是教堂。”

“知道他们为什么要我们飞这一趟吗？”

“塔普啊，”他对我说，塔普是我的外号，“你这就问住我了。我猜德国鬼子以为我们不会往教堂扔炸弹。他们知道我们夜里不飞。也许那儿藏了什么超级厉害的东西。值得用教堂来当盾牌的什么东西。上次我和一个英国佬聊的时候，他说他在敌后见过一些非常古怪的东西。说德国鬼子占领了一座教堂，在里面做了些特别坏的事。在墙上和地上用血画五芒星之类的。反正就是怪东西，明白吗？”

不，我当然不明白。但我还是点了点头。

“美人号”内部亮着灯，船长和蛋头坐进驾驶员和副驾驶员的座位，开始讨论读数、油压、氧气水平和其他东西。小德钻进机枪塔，做了一遍检查，转动球塔，确定弹药充足后，对扳手说一切就绪。鲨鱼去了上面，鼻屎去机首，神父去机尾，泽克和我在机腹，我们全都在检查 .50 机枪，以保证子弹不会卡壳。泽克和我确定子弹带都拉直了，以 Z 字形叠放在弹斗里，然后装填弹药。知道吗？没有什么能比拍上 .50 勃朗宁机枪的弹箱盖子更让人满足的了。这会让你觉得自己有十英尺高，准备好了踢碎元首的卵蛋。不过，等你穿上夹克，戴上手套和呼吸面具，感觉就没那么好了。你看，作为一名机腹机枪手，尽管有更大的活动空间，但必须穿戴非常厚的夹克和手套，你会觉得自己穿了一身熊皮，然后你还必须戴上呼吸面具，因为高空空气稀薄，不戴就会昏过去。你会觉得大拇指是裹着棉垫的砖头，在这种情况下试试看按 .50 机枪握把上的按钮，你就明白我在说什么了。

“扳手？右边的握把还没修好。我必须用上比左边大一倍的力气才行。你能来看一眼吗？”

“没问题，塔普，但我要先检查另外十几样东西。另外，我也不可能拆开修理，必须等回来才行。”

妈的。虽说不是生死攸关的问题，但非常烦人。

半小时后，引擎发动了。“美人号”开始疾驰，我的胃一如既往地翻了个小跟头，然后我们就上天了。真他妈的，飞机一上天，气温就低了下来。比屁眼里插了根冰棒的雪人还要冷，尽管我们把加热背心接在“美人号”上，还是不管用。

寒冷并不是我们最可怕的敌人，德国鬼子才是。尽管有几架战斗机护航，但路还没走到一半，他们就必须返回了。

趁着还有战斗机保护的时候，我花了一点时间看星星。这次我们在黑暗中起飞，因此没什么可看的。通常来说，我们总是在白天出任务，在天上的时候，神父会背他的祈祷词，扳手会填他想去上的工程学校的报名表，泽克会忙着看电影明星的海报，他觉得只要他的击杀记录足够高，就有可能和她们约会。

但由于现在是夜间，我们大多数人没法用平时的办法来消磨时间。我听见神父祈祷了几句，小德在底舱掏出口琴，吹起了和缓的曲调。不知道为什么，我觉得既有点难过又有点开心——小德吹起口琴来就是有这个本事，明白吗?

过了一阵，我听见野马战斗机的引擎声掉了个头，扔下我们往回飞了。月光很亮——真的非常亮。我看着最后一架野马的尾翼消失在云层中。很快，鼻屎在机首的机枪座上喊了起来。

“米斯特！来米斯特了！两点和十点方向！”

“该死！”

“操他的！”

你会扯着嗓子喊。你必须大喊大叫，否则你的卵蛋就会缩成一团，找都找不见。

“两点方向，塔普！”

“我看见了！妈的！”敌机是月光中的一个黑点，然后是一道微弱的闪光。

再然后，子弹开始嗖嗖飞过，乒乒乓乓地打在机身上。要是击中金属，就是沉闷的咚咚声，要是击中线路，就会爆出火花。

“狗日的！干它！”

我开火了，尽量把喷火的黑点放在瞄准十字星上。很快，它停止喷火了。

“打中了吗，塔普？”

“不知道！他们还在开枪——”

继续喷火，向后移动。再次被击中！妈的！我感觉热乎乎的黏稠液体滴在后脑勺上。

“该死，泽克！给我打那些狗养的！我被弹片击中了。”

“你打！就他妈像在用大铁锤打苍蝇！”

“鲨鱼！它往上走了！”

“他妈的闭嘴，鼻屎，我能看见。”

一架米斯特从头顶咆哮而过。

“他妈的怎么了？船长，你看见雷达了吗——他是想撞我们？”

“干掉他们，鲨鱼！回头再问我！”

鲨鱼已经开火了，.30 口径的机枪把米斯特打成了呼啸燃烧的金属碎片。

“鲨鱼，下次给我留点儿！”

“小德，你打你自己的 CK 去吧。顺便长个一两英尺，然后你就能从底下爬出来了。”

“其他的飞机呢？”

“找不到——”

更多的闪光。美人被打得劈啪作响。我的手都酸了，左手大拇指疼了起来，因为必须用更大的力气扣扳机，我的胳膊开始发抖。

不，他妈的不！这会儿不能抖！过了这一关再抖！

“塔普！看见它了吗？”

“没有！”

“妈的！去哪儿——”

闪光又来了，这次近得可怕，我们能听见.30口径的子弹钻进机翼。

“逮住你了！”

“妈的妈的妈的——”

我死死扣住握把，不顾我的双手在朝我惨叫，背后的鲨鱼也在嚷嚷，两者差不多一样刺耳。

“塔普！你打中它了！他的屁股着火了！”

小德的眼神最好。我几乎什么都看不见——我的护目镜起雾了。

我只需要一个闪光，就——

“发动机着火了！”

我听见泽克喊出这句话，尽量把注意力放在敌机上，但你依然能听见机身的咔咔声，从船长到后面到工程师，整架该死的飞机上，所有人都在叫喊。

“编号？”

“二号，船长！”

“扳手！”

“在修了，船长！熄火！”

“引擎失火，一号！”泽克喊道。

“扳手！”

“已经灭了，船长！一号熄火！二号熄火！只有漏油。咱们没——”

子弹击中机身。扳手闭嘴了。

十次里有九次，你知道这意味着什么，但你不会停下，等待听见其他机枪手的消息。

“塔普！”小德从最底下喊道，“从底下朝你来了！”

“妈的，”我喊道，“收到！”

这架米斯特从六点钟方向飞了上来。这是他这辈子犯下的最后一个错误。小德在球形机枪塔里话音刚落，我还什么都没看见，就开始朝正前方倾泻子弹了。德国鬼子从底下冒出头来，我发誓我听见他的机舱盖先被打碎了，然后我的子弹在他的机身上撕开了一套全新的参差屁眼。自从我们从怀蒂牺牲的那次回来以后，我就一直想把一个泡菜佬[1]打得粉碎。

“干掉他了，怀蒂。”我喃喃道，望着天空，听着那架米斯特在夜空中解体消散。我甚至觉得我听见了德国鬼子在惨叫。

“给怀蒂报仇了，狗娘养的！”我喊道，仿佛又看见了可怜的怀蒂在病房里慢慢死去，脸色变得比活着的时候更白，然后渐渐发黄。

我们一起等了一分钟，等确定没有听见更多的战斗机，也没有感觉到子弹继续击中飞机，大家才欢呼起来。我干掉了德国鬼子和他的米斯特，欢呼意味着我们可以放松了。既然他们放松了，那就意味着没有更多的米斯特了。

我们的呼吸变得畅快。我允许自己开始颤抖。我忙着开枪送德国佬去上帝给纳粹准备的特别地狱的时候，

1　原文为 Kraut。泡菜（Sauerkraut）在德国是很受欢迎的食物，故被用来代指德国士兵，含贬义。

其他人也没有闲着。小德在球形机枪塔里，泽克在我背后，鼻屎在机首，鲨鱼在顶上，神父在机尾，把另外几架米斯特打成了碎片。不过这就是战斗。你紧盯着你想干掉的敌机，除此之外什么都听不见。泽克花了几秒钟从急救包里取出一块毯子盖在扳手身上，既是出于对死者的尊重，也为了吸掉血液，免得我们踩上去滑倒。

米斯特战机被干掉后才过了五分钟，我们就听见了高射炮的声音。有人真的不想让我们轰炸这座教堂。不过我们并没有被打中，至少一开始没有。在空中听起来，炮声仿佛离我们很远的雷声。司令部派我们夜间出发算是选对了时间。

我的呼吸变得急促，胸口发紧。我在无线电里听见神父数着念珠祈祷，听见鲨鱼又在胡说八道了。

高射炮打得更近了，声音也更响了。

美人被震得一抖，然后又是一声雷响，听起来像是就在舱门外炸响的。美人震得哗哗作响，又是几发炮弹在空中爆炸，撕掉了铁鸟的外皮。

高射炮四处开花。上百次爆炸，四面八方无孔不人，每一炮都是一团巨大的黑云。高射炮可不是德国佬用 .30 口径的机枪指着你扣扳机。假如是白天，你会在周围看见上百甚至上千团黑云爆开，只要靠得够近，其中任何一团都能干掉你。

我往背后看；泽克很平静，他几乎总是很平静。其他人呢？

“去他妈的高射炮，去他妈的高射炮，操——”

“Sé do bhetha, a Mhuire[1]——”

“狗娘养的太近了！杂种王八蛋！”

一声爆炸撕裂空气，美人像是挨了一拳似的歪了一下。

“船长，我听见有东西被打断……”

“妈的高射炮！”

“对准目标！”

“能打下来吗？能打下来吗？”

“稳住，孩子们！蛋头？”

---

1 爱尔兰语，意为“万福玛利亚”。

“近了，船长。不到二十！”

接下来的爆炸震得整只铁鸟颤抖起来。

“操！”

“越来越近了，孩子们，”船长说，“鲨鱼，闭嘴。蛋头，去底下调诺登[1]。”

蛋头已经从副驾驶座上跳了起来，爬到底下机首的鼻屎旁边。蛋头为人冷静，话不多，擅长在我们靠近目标时瞄准和投弹。比起扔炸弹，我更喜欢抓着机枪突突。

他坐下，往诺登投弹瞄准器里看，转动刻度盘，看上去就像科研人员在摆弄显微镜。

“来吧，宝贝儿，”他说，瞄准器遮住了他的双眼，“来吧，躲在哪儿了？在哪儿？输入高度……朝向……估计风速……”

我占据了扳手平时的位置，做好了拉控制杆投下载荷的准备。

1 指诺登投弹瞄准器。

“就……现在!”蛋头喊道，你能听出来他说话带着一丝纽约口音，自从他来了这儿，就一直在想方设法去除这一丁点口音。我使劲一拉控制杆，一颗颗炸弹滑了出去，发出你永远也不可能习惯的金属摩擦尖啸声。

炸弹坠落离开视野，船长立刻在喇叭里说：“掉头。”蛋头已经在回驾驶舱的路上了。我们看见几道闪光，但引擎的声音和船长与蛋头的喊叫声太响，我们几乎没有听见炸弹爆炸的声音。

通常来说，你几乎不会听见炸弹爆炸的声音，尤其是有风的时候，更不用提引擎永远在你耳边隆隆作响了。也许隐约间听见了一两声。

但这次我们都知道炸弹击中了目标。不仅因为爆炸声，更是因为天空和地面改变了颜色。那是一团病态绿的云雾，它扩散得越来越大，到最后像是飘上了天。然后天空变成了红色，就是血流到土里晒干的那个颜色。我的肚子里一阵翻腾，听见泽克在无线电里呻吟，我知道他也感觉到了。整个该死的世界像是一会儿往上升，一会儿往下掉，一会儿伸长，一会儿缩回去，就像你想打嗝却怎么也打不出来。

再一转眼，全都结束了。外面变回了茫茫夜色，我们听着隆隆的引擎声，风刮过“美人号”身上的累累弹孔，发出呜呜的哨声。

“船长，”鼻屎低声问，“船长，那……那是什么？”

“闭嘴，鼻屎，好好看底下。见到有东西在动，无论是什么，都给我干掉。”

“平民呢？”

“我他妈不在乎，就算是你小妹在受洗礼也一样！只要在动，就他妈干掉！听见了？”

“收到，船长。”

“好了，姑娘们，给我听着。报告战损情况，别磨蹭。”

“投弹手在。”

“机首机枪手在。”

“左侧机枪手在。”

“右侧机枪手在。”

“机尾机枪手在。”

“机腹机枪手在。”

我们等了几秒钟。“电台员呢？弟兄们，扳手呢？”

我扭头去看。借着黯淡的月光，我看见毯子上有一块黑乎乎的血迹，他的胸部有个拳头大的弹孔。防弹背心能挡住小口径武器和弹片，但米斯特的机枪能打穿飞机，防弹背心就无能为力了。

“扳手牺牲了，船长。”我说。

所有人都不说话。我们继续往回走。我的肚子平静下来，但我们都有点坐立不安。尽管天上没有了米斯特，地上也不再传来高射炮密如打字机的咚咚声，但我们还是觉得不对劲，就好像你身上痒，但怎么挠都挠不着。

神父从机尾的机枪位爬出来，沿着机身中央的支架往前走，抓着绳索以保持平衡。他尽量跪好，掏出一本蓝色的小册子，开始嘟囔着祈祷。他不该离开岗位的，因为我们还在敌占区。但泽克和我没吭声，船长假装没看见。他这么做能稍微缓解一下气氛，而且很快就回去了。

接下来的半个小时左右风平浪静，只有“美人号”抖动时的咔咔声、引擎的咆哮声和风灌进机腹的呼啸声。

然后情况变得非常糟糕了。

“敌机，在上面！”鲨鱼在机身背部的机枪位上喊道。

“妈的！”

“狗娘养的……”

“Sé do bhetha……”

“都给我闭嘴。还是米斯特吗？”船长问。

这时我也看见了。

“黑影，”我喊道，“黑影！在他妈的月亮上。看见没？”

鲨鱼插嘴道：“太小了，不可能是米斯特，但鸽子就太大了。我……我不知道会是什么，但它们在天上飞，而且朝着咱们来了！”

“船长，那是什么？”希望他听不出来我有多么害怕。

“闭嘴，塔普。神父？等它们飞进火力范围，就他妈全都打烂。”船长说。

于是我们耐心等待。我听见鲨鱼的呼吸变得沉重。小德在倒数数。我的脚底不自觉地拍出节奏，就好像我在打摆子。机尾的神父在无线电里嘀嘀咕咕，我只知道他在念他总是一边数念珠一边背的什么祈祷词。他说过，这段祈祷词能让他不害怕。

但这次不一样，它没能帮他以足够快的速度扣动扳机。

拍打翅膀的声音变得越来越快、越来越近，就在神父的 .50 口径机枪开火之前，敌机突然向右俯冲。

“塔普！”神父喊道，我看见它们扑向我这一侧机身。一百磅亮闪闪的滚烫铅弹从我的枪口飞出去，两架敌机四分五裂。

“干掉两个了，塔普！”我听见泽克在我背后喊道，然后我听见他的机枪也开始招呼我们的新朋友了。他欢呼一声——意味着他看见他打中了其中一架，也许两架。

这时神父尖叫了起来。

“A dhia sábháil sinn！[1]”

1 爱尔兰语，意为“主，请拯救我们！”。

所有人都安静了。神父只有在特别害怕的时候才会用爱尔兰语大喊大叫。所有人都闭上了嘴。尽管引擎和风声依然如故，你还是能感觉到一切都改变了，我们加入了截然不同的另一种游戏。舱壁像是变得更近了，我想摘掉呼吸面具，不顾天上的空气是多么稀薄。

“神父，”我喊道，“你没事吧？”

他又在无线电里喊了句什么，我没听懂。

“Par boiled？”我问，“这是爱尔兰语吗？”

“不！那就是它们。”他说。

我还是不懂。Hard boiled[1]？是什么天主教的说法吗？后来我明白了他在说什么，但那一刻我真的不明白。

泽克的勃朗宁突然开始倾泻子弹，他欢呼起来。“干掉两个，”他喊道，“干掉两个！我看见它们被打烂了！就像以前在家里打土鸽子！”

“哪儿？”鲨鱼喊道，“上面什么都没有。它们——”

---

1 此处的Hard boiled和前文的Par boiled都是叙述者对神父所说内容的误听。Hard boiled通常指鸡蛋全熟的状态，Par boiled指的是parboil，即将食物煮成半熟。

我们都听见了撞击声和撕开金属的声音：鲨鱼的机舱盖被扯开了，气流贯穿了“美人号”的整个机舱。然后我们听见鲨鱼在尖叫，叫得像是正在被撕碎。

然后他不叫了，只剩下风声呼啸。

船长爬下台阶，跑了四大步，来到机顶机枪手的竖梯前。他面无血色，但眼睛红得像是圣诞篝火。

“妈的怎么了？”他喊道。他踏上竖梯的第一级，眼睛里进了东西，他抬手去擦。

他使劲眨眼，然后又擦了几下。我转过去仔细看。从上面垂下来一条长长的红色细绳，刚好落在船长的脸上，看着有点像拉长的涎水。

应该是鲨鱼的军靴踩着的地方，现在只有一个白色小球，小球上有一块黑色的斑点。

鲨鱼不见了，只留下一颗眼珠。

船长没有惊慌。他掏出枪指着正上方，然后开始爬梯子。

他把头探出去，停留了一分钟，也许还要更久一些，腿在底下站得直直的，一动不动。然后他慢慢下来，鞋底在梯级上留下了锈红色的血脚印。

“鲨鱼没了。”他说，声音刚好能盖过从舱盖灌进来的呼啸风声。

他关好头顶上的活门。一条红色的细线沿着舱盖边缘移动。

船长的眼睛瞪得老大，像是突然想通了什么事情，吓得他魂飞魄散。“咱们必须回去。”他说着跑向驾驶舱。

“蛋头，”他喊道，跳上竖梯，“油门开到最大！带咱们离开这儿，快！”

“船长，恕我——”

“蛋头！”

“船长，油门开到最大，会引来高射炮、战斗机——”

“蛋头！”

“——德国的每个该死的农民都能听见我们，然后开始扫射！船长，忘记猫眼了？七星？他们都是一轰油门，就被——”

船长掏出枪，指着蛋头。“这是命令，蛋头。”他静静地说。

蛋头只迟疑了一秒钟，看着船长眯成了一条线的眼睛。我们都能顺着洞口看见他——他们声音很响，我们从头听到了尾，也从他的嘴型上看到了最后几个字。

“他妈的纯属找死！”蛋头说着加大油门。

“要是不甩掉这些鬼东西，那就必死无疑了！好了，快点！”

引擎的咆哮声变得更响了，美人抖得很厉害，我担心它会把自己震散架——

天哪……我隔着驾驶舱的舷窗看见了，就在船长的正前方。

两只发亮的红眼睛在看他。

还有一个狞笑，笑得很灿烂，露出白森森的牙齿，就像一轮新月。

“船长！前面！”

船长望向前方，他吼了一声，抬起枪口，朝着舷窗惊恐乱射。船长和蛋头前方的舷窗上，星星和蛛网般的裂纹陡然绽放，就像一朵朵病态的白花。蛋头尖叫起来，那张脸掉出了视野。

“船长！他妈的——”

鼻屎在底下的机首机枪位里喊了起来。又是一声撞击，然后是风声，鼻屎的叫声戛然而止。

“机枪手！”船长喊道，“机枪手！全都回机舱来！”

神父刚从机尾的舱口爬出来，小德正在从球形机枪塔往上爬，我们就听见铁鸟后侧又响起了玻璃破碎的声音。神父的脸色变得煞白，眼睛瞪得比盘子还大。他手脚并用往前爬，一只手死死地抓着念珠，另一只手拼命扒拉舱壁、稳定绳和地面，只要能让他借力向前爬就行，他只想远离背后的东西；他嘴里叫个不停，声音甚至盖过了引擎和狂风的呼啸。“它来了！”他喊道，“来了！它来了！”

然后我看见了它。

它跟着神父爬进机舱。我从没见过这样的东西。刚开始我觉得它像一只大虫子，因为它的眼睛又大又黑，背后亮着红光。但它还有牙齿，牙齿从它嘴里翻出来，像匕首加道钉加长针除以三。尽管它张着嘴，但我们没有听见叫声。要是它能做到，肯定会朝我们咆哮，但它做不到。

还有角，它们不是万圣节服装上那种弧形的小玩意儿。不，先生，它的角很大，是孟菲斯水牛的角，只要你眼神一个不对，它就会扑上来把你开膛破肚。

神父从我身旁爬过去，还在喊个不停。我钻进扳手放东西的一小块门口空间，看着怪物像响尾蛇似的蠕动着从我面前爬过。我这么做不是因为胆小，而是想找个机会从背后偷袭。

现在回头再想，我很希望我的头脑能更清醒一点，但我做不到。我们没人能做到。我操起手边最大的一把扳手，然而等我把头伸出去，神父已经滑倒了。他立刻翻了个身，但怪物扑向他，撕开他的胸膛，鲜血溅在舱壁上、地上、天花板上。神父发出尖利的惨叫声，因为怪物在掏空他胸部和腹部的所有内脏，轻松得就像撕掉谷仓门上的劣质墙纸。

不。

不能让神父死。

鲨鱼、鼻屎和扳手已经死了，我不能眼看着神父惨死。

我把我能找到的每一件工具扔向怪物，神父的血泼洒在我周围。所有东西打在怪物身上都弹了回来。完全不起作用。“美人号”的舱壁变得越来越逼仄。我没法呼吸了。再一转眼，我又能呼吸了，但还不如不能呢，因为神父被怪物开膛破肚，现在我能闻到他的鲜血和屎尿了。

这一切都发生在大概五秒之内，然后有一个瞬间，我看见神父不再惨叫了，而是望着右手里的念珠。他的视线回到怪物身上，然后开始用右手拍打它的头部，你不可能见到比他更差劲、更无力的拳头了。但是……但是怪物龇牙咧嘴，退开了一点点，随即又甩了甩嘴巴，就像一条脑袋被人扇了一巴掌的狗。

神父不惨叫了，而是在咆哮。用他残缺不全的喉咙咆哮，同时继续拍打怪物。我看见像沙砾般的细小碎块从被他打中的地方飞出去，这一切发生在两秒钟之内。

怪物俯视神父，眼睛变得血红，上帝啊请保佑我，它像灯笼似的照亮了“美人号”的内部。它的牙齿翻了出来，即将开始啃咬神父的脸。

就在这时，船长大叫一声。不是因为害怕，而是因为气得发疯。我见过船长发疯，也知道最能让他发疯的莫过于有人在他的飞机上乱来。他抬起枪，把所有子弹都打在怪物的脸上。蛋头在他背后抓起灭火器，开始喷怪物的眼睛。

毫无用处。

确切地说，对怪物来说毫无用处。“美人号”发疯了；引擎的声音震耳欲聋，我觉得我在机身的窟窿眼里看见了林木线。我们离地面很近，因此风不至于冰寒刺骨，但吹在脸上还是很凉，而且吹透了我的手套和夹克。“美人号”开始前后摇摆，想站直都不太容易。蛋头肯定开了自动驾驶，但感觉像是要坠机了。

每次被打中，怪物的脸都会抽动一下，但很快，白色泡沫就盖住了它的脸。不过在脸被完全挡住之前，我看见它的面部有些细小的缺口，就像是榔头砸过的花岗岩。

然而这丝毫没能阻止怪物。神父的尸体还有蛋头和船长挡住了去路，所以它无法前进。它已经从机尾机枪位爬了出来，因此我们发现了它为什么能追上我们。它像天使一样背上长着翅膀，但它的翅膀非常大，灰扑扑的，还有黑色的翅脉。就像一只巨大的蝙蝠。

它的腿上长着带钩的爪子，但它在飞机里站不起来。它只能爬行，尽量快速移动，寻找其他目标去撕成碎片。

这时我突然反应过来，意识到它勾起了我的什么回忆。上次我去大城市新奥尔良的时候，那儿有一座大教堂。就是神父说他想去的那种教堂，用石头砌成，有彩色玻璃的窗户，还有超级大的木门。

它顶上刻着一些稀奇古怪的怪物。那是在向你展示，要是你不乖乖地去教堂，当个循规蹈矩的好人，以后进不了天堂就会变成什么样。

好的，这个怪物就在那些石雕怪物里面。我们炸了一座教堂，德国鬼子在那儿搞了些惊天动地的鬼名堂。天晓得他们到底干了什么坏事，反正都把这个怪物刺激得比被端了老窝的马蜂还要疯狂。

尽管白色泡沫盖住了它的脑袋，但它的身体我还是能看得一清二楚。我看见神父再次挥拳打它，打得怪物向后一缩，神父最后又给了它一拳，它后退了一点点。神父没气了，也可能还剩下临终一击的力量。我听见他用爱尔兰语说了句什么，但听得不太明白，不过我敢打赌肯定和耶稣有关，或者耶稣的老妈。

蛋头还在尽可能遮蔽怪物的视线，灭火器喷出来的东西越过怪物的脑袋，径直朝我而来。

怪物最后朝神父来了一下狠的，把他的手连同念珠一起砍了下来，蛋头的灭火器把神父的手喷向我，船长换了个弹夹。

神父的手翻滚着飞向我，就像电影里的慢镜头——一串长长的念珠项链，尽头是个十字架。

我一把抓住，我不得不掰开神父的手指，这才拿到念珠，然后我把神父的手扔在地上。坚硬的黄铜珠子用打结的伞绳串在一起，结实得能勒死一头猪。我估计我是死定了，但要死也要死得就像神父，尽我最大的努力和这个恶心的丑陋杂种搏斗，直到美人撞击地面。更何况我还拿到了我亲眼见过在搏斗中有用的一件武器。

神父被杀气得我们所有人都发疯了。船长是唯一带手枪的人，他在不断射击。其他人也都抓起了手边的武器。小德在底下的球形机枪塔里，他用短刀从下往上捅它。泽克操起一块撕裂的金属挥舞，企图吸引怪物的视线，方便船长开枪和蛋头喷它。所有人都在嚷嚷，叫声盖过了风声，也盖过了引擎咆哮和机身晃动的声音。怪物朝泽克挥爪，击中金属盾牌，他重重地撞在舱壁上，随即倒下，我在一片喧嚣中失去了他的踪影。除了船长开枪时火光一闪的瞬间，我们什么都看不见。飞机内部空间狭小，铁鸟内部被打得稀烂，我猜所有人都觉得自己活不久了。

我干脆跳到了它背上。好吧，也许是爬上去的。反正我记得不太清楚了。我也不记得我是怎么用神父的念珠勒住它的脖子的了。我只知道我双手交叉，串着念珠的伞绳绕在它脖子上，我要做的仅仅是用力拉。

于是我使劲拉，一直不松手。蛋头的灭火器耗尽了白色泡沫，怪物意识到被我骑到了背上，变得暴躁起来。它像野马似的折腾，但我就是不松手。我的脑袋不止一次撞在天花板上，我也还是没松手。老天在上，我的脑袋他妈的疼极了，眼前的一切都变得模糊。但我宁死也绝不松手。

然后我看见了血。

血从怪物脖子上被念珠勒住的地方涌出来，从怪物的石头皮肤底下渗出来，顺着绳子和念珠流淌。我的手觉得滑溜溜热烘烘的，就像泡在了油壶里。

但我还是继续拉，念珠渐渐钻进了怪物的脖子。无论是屁股底下还是手底下，我都觉得怪物像是石头做的，但念珠碰到的地方却软得像是在用钢丝切奶酪——尽管切得很慢，但只要我在用力，念珠就不会停下。

它还在往上拱。但没过多久，怪物的动作小了起来，叫声也越来越轻。

然后突然间，它不在我的屁股底下了。它突然散架了，而我坐在一堆黑色的沙子里。我的手上全是血，血变干脱落。有人还在尖叫。船长过来，抓住我摇晃，给了我几个巴掌，我这才发现尖叫的人就是我。他凑近我的脸，命令我安静，我就照着做了。

他打量了我一遍，然后回到驾驶座上，刚才一直是蛋头在操纵。我不记得蛋头是什么时候脱离战局的了，不过他已经回到了座位上，而我蹒跚着回到门口我的座位上。小德待在球形机枪塔里，既不动弹也不说话。听说回去后很长一段时间他都是这个样子，不过那就是另一个故事了。

泽克又拿来一块毯子盖在神父的胸前，遮住他快要掉出来的内脏。我假装没看见，但泽克盯着神父的尸体看了很久。然后他从神父胸前的一个口袋里掏出那本蓝色小册子，每次我们有人牺牲，他都会念上面的祈祷词。他翻开一页，念了起来。风呜咽着吹过美人浑身的弹孔，因此我听不清他在念什么，不过听着无线电里传来的沉静声音，我知道他在念神父念过许多次的那段话："主啊，愿他永远安息，愿你永恒的光照耀他，愿他安息——"

我们把"美人号"开了回去，差不多没散架。我们失去了鲨鱼、扳手、鼻屎和神父，我们当然很伤心。但没你想象中那么伤心。有些机组回来的时候比我们还惨，甚至根本回不来，因此我有理由感到高兴。怀蒂是最后一个真的让我觉得伤心的人。在那以后，你就会适应了。

我们降落的时候，太阳刚开始升起，寒风吹在我们脸上。降落跑道看起来还是老样子，实际上却不一样了。有时候我们回来的时候，地勤人员会为我们欢呼。但今天没人为我们欢呼，因为地面没人。我们降落，停稳，几个我们没见过的人跑出来，把飞机拴好，把制动机塞到轮子底下。

我们下飞机，没看见任何一个我们见过的人。就连刚才那几个人也跑回了建筑物里，连一个字都没对我们说。基地空了。只剩下我们在简报室里见过的那两个人还在，他们抱着胳膊站在停机坪上，隔着一百英尺从眼镜背后看我们。

两个大兵开着卡车过来，命令我们进车厢。他们把小德抬出来，我很佩服他们，因为小德失禁了，浑身屎尿，而他们居然没有捂住鼻子。

他们拉着我们走了，我还是很疲惫，这辈子从没这么疲惫过。甚至想不到有什么时候能和这次相比。泽克坐在我旁边，我听见他在嘀咕什么。船长还醒着，蛋头躺在车厢的地板上。小德目光呆滞，一双眼睛既空洞又黑暗，嘴巴半张着，口水从嘴角淌下来。

“是真的。”泽克说，充血的眼睛瞪得老大。

“什么是真的？”

“全都是真的。我以前对神父说我不信，是因为我只相信我见过的东西。现在我见到了别的东西，我就知道还存在别的东西了。”

好吧，我可以继续问下去，可以问他这是什么意思。但我知道泽克的内心在发生某些事情。我没法让它发生得更快或更大，但我知道要是说得太多，就有可能害得他信仰崩溃。

太阳是在我们背后升起的，于是我闭上了我的嘴，就让泽克继续得到他的信仰吧。

姚向辉　译

受难地

戴维·哈钦森

“告诉我，神父，”我们沿着海滩行走时，卢波族的牧师对我说，“你觉得自己虔诚吗？”

意识到我们身后的摄像机和远距离麦克风，我思考了一会。最后我说：“这个问题似乎……不简单，考虑到我的职业，考虑到我们的职业，望你不要介意我这样回答。”

“你看上去是个信徒。”卢波人说。

“确实，不过我的信仰多次经受考验。”

“不经受考验，就算不上信仰。”

我回头望了一下沿着海滩被留在后边的人群，没有在记者、政客和军人中间看到主教，然而我知道他就在其中，很有可能正避着海风、偷偷摸摸抽烟。与此同时，全世界的注意力都集中在我和这个外星人身上。

“你们的信仰告诉大家人人都是上帝的孩子，”卢波人边走边说，防护服上有爪的足部把鹅卵石踩得咔嚓作响，“恕我无法认同。我既不认为自己是你们上帝的孩子，也不觉得你是我们上帝的孩子。”

主教警告过我不要掺和类似的讨论，“我认为这个话题最好留给我们的上级讨论。”我自己尽量用外交口吻回答，这是面对镜头使用的语气。我猜卢波人无法分辨。

卢波人已经来到地球接近两年，它们的一举一动仍受世界瞩目。它们生活在五十八光年外一座恒星系中气体巨行星的卫星上，是一种水栖人，如果你可以把游弋在液态甲烷海洋称为水栖的话。它们从地球轨道的母舰上广播消息，所有人都从中熟悉了它们的形象。不过它们需要穿戴重甲装备在我们的地球表面行走。期待有朝一日能跟外星人见面的想法曾经显得近乎荒谬，然而我们还是走到了这一步。

“它们是狡猾的家伙，”主教上周告诉我，“这个外星人说它是一位神职人员，想看看黑鳍。教会仍在制订对待卢波人的态度，所以多纳尔，你不要跟它讨论教义问题，不管怎么样，你别搞砸了。”

一个没有得到解释的问题是，为什么必须由我承担起接待这次访问的职责，而不是某位更高级的牧师——比如主教本人？不过我猜搞砸这次随意的散步有更大的危险，像是烫手的山芋，让我的上级们承担不起。而我则可以牺牲，我的言行在一定程度上也可以被否认。

“我是一名卑微的牧师。”我说。

“难道我们不都是卑微的牧师吗？”外星人问。

“其实，也不是。”我说。不过根据我的理解，在卢波人的宗教中，的确每个人或多或少都是牧师，“我们有人比其他人更卑微。”我补充道，接着又立即后悔这种幽默的尝试。任何人都能看出，卢波人没有幽默感。至少在这点上，它们跟主教是一样的。

此刻天气微凉，大西洋的海风更加重了寒冷，然而我站在这个卢波人身旁却感到温暖，几乎有种舒适的感觉。防护服上的散热片让我感觉仿佛站在一台大功率的露天取暖器旁边。大约在过去几天，卢波人造访之前，我遭受科学家、情报官员，以及至少一位美国将军的简报轰炸，可是那些内容在我的大脑中都混杂在一起，我仍然无法理解在那样的温度和压力下，智慧生命的体内究竟发生着什么神秘的化学反应。

"它们一点儿都不像我们，"将军曾告诉我，"你得时刻牢记这一点，神父。带它看看那条鱼，对话尽量笼统，一有机会就尽快结束造访。"

实话实说，我有点儿厌倦了被人指手画脚。十个月前，我还是一个基本无人在意的微型教区的牧师，我的教众在缩减，年轻成员逃离到城市，年长的人在逝去。最让我担心的问题是，要自掏腰包修复去年冬季风暴损毁的教堂屋顶。我觉得自己仿佛待在世界的边缘，没人在意我的所思所行，然后一切发生了翻天覆地的变化，人呐，真得小心对待自己的期许。

我和这位外星人牧师来到水边，我停下脚步，海浪在我的水靴旁冲出泡沫，可是这个外星人继续走到深及膝盖的翻涌浪涛中，它几乎跟我一样高，仿佛一只巨大的用灰色合金呈现的儿童涂鸦狗狗，脊柱两侧的双排散热器仿佛剑龙后背上的骨板，它的头部是一个球体，据估计布满了视听传感器，持续不断地来回扫描。

我们俩，我和外星人，望向大海，望向美国的方向。从岸边的波浪到地平线，视野中一无所见，所有的船只都被限制在五十英里宽的禁区之外。

“看来，”我说，“我们今天好像不走运。”其实在内心深处，这正是我一直以来的期待。

卢波人没有回答，它抬起头，通过安装在胸部的扬声器发出一连串快速的高音尖叫和哒哒声，震得我耳膜疼。我后退几步，回头观看，人群都停住不动了。好几家新闻频道花大力气报道卢波人及其在地球上的行为，还有它们严格限制发布的自身细节。那些新闻频道有数亿观众，我忽然明白他们中的每个人都在看着我，陪着一个在太阳系几十光年外出生的外星人，在大西洋的岸边散步。所以没人加入我们俩，如果情况变得糟糕，没人想被波及。

卢波人停止发声，最后一个声音似乎在风中回响和展现，然后才逐渐消逝。外星人接下来似乎在等待，然后又广播一遍杂音并继续等待。接下来是第三次，这回在碎浪的更远处，我看见一条与众不同的黑鳍分开水面，消失后又在距离岸边更近的地方出现，然后开始徘徊。这种情形几乎算不上罕见，可我还是感到一丝兴奋。

去年有人发现黑鳍被冲上岸，严重受伤，大概是被一艘海湾观光船的推进器所伤，全爱尔兰的志愿者尝试挽救受伤的海豚，可她没活下来，都柏林的科研人员带走了她的尸体去研究。

几天后他们准备进行尸检时，有人看见黑鳍抽动、颤抖，然后虚弱地深吸一口气，研究人员赶紧把她放入一个容器，随后几天她在其中完全恢复。

最后，大为惊讶的科学家完成了他们的检查，黑鳍被放归自然，大约一个月前，她在海湾被发现。奇迹海豚已经成为非常热门的游览项目，这个村子的酒店和招待所提前一年多都被预订，多年以来头一次，我的教众人数又开始增长。

有人暗示，作为当地牧师，我没资格评论黑鳍。跟基督教类似的宗教，他们的暗示过于粗陋和明显；而基督教教会已经在疲于应付卢波人和它们上帝的问题，暂时还不愿意面对鲸目动物弥赛亚的概念。以神秘莫测的方式拯救自己的一个造物，上帝觉得有必要这么做。这是官方说法，多纳尔。对了，顺便提醒，别搞砸了。

卢波人又广播了一遍自己的杂音，这一次黑鳍冲破海面，我听见远处微弱地传来海豚回应的声音，还会被风打断。我感觉有一股寒意正沿着我的脊柱向下蔓延。

外星人的防护服一定放大了来自海洋的声音，夹杂着风和波浪，我几乎听不见，可是卢波人又说话了，发出另一串哒哒声和口哨声。海豚再次回答。我意识到，它们正在交谈。

对话进行了一会儿，我回头看，可是似乎根本没有人担心事态的转变。我觉察出他们根本听不见，距离太远，环境噪音太大。我是唯一的见证者，这当然是我在这里的唯一原因。并非因为我是值得信任的本地人，而是因为在爱尔兰西部这座荒凉的海滩上，黑鳍曾经死去的地方，我是上帝的代表，我在此是为了见证。我看着外星人，突然感到非常担心。提到海洋生物，人类的记录可不怎么光鲜。

当然，等我意识到这一切，早已经无法挽回。这个卢波人首次踏足海滩时就已经来不及了。我听不懂卢波人和海豚在说什么，可我内心深处明白它们在讨论的内容。它们在谈我们，以及我们对海洋长达千年的掠夺。然而我只能无助地站在那里。

突然之间，对话结束。卢波人陷入沉默，海豚潜入海浪之下，再次不见了踪影。外星人没有动，只是安静地站在那里，浪花冲刷着它的腿。

“那么，神父，”卢波人最后说道，“如果这是一个奇迹，它是属于谁的奇迹？”

我张嘴回答，却发不出声音。

“走路的造物有上帝，飞翔的造物有上帝，游泳的造物也有上帝。”外星人继续说道，这时我听见身后传来一个声音，是喊声。我认为人群中也许终于有人弄清了眼前的状况。“令我感到奇怪的是，游泳者的上帝选择在这个世界显灵。不过，毕竟谁也不会质疑上帝的旨意，对吗，神父？”卢波人没有打算惊叹于奇迹海豚，它是来交谈、朝拜的。它是来收听福音的。

卢波人是太空旅行的种族，比我们先进的程度就好比西班牙征服者之于南美洲人民。我们不知道它们具体拥有多么强大的力量，不过根据推测，它们掌握我们无法理解的武器。很多时候，我们跟它们的交往都是在非常非常努力地避免惹怒它们。如今因为一次简单的观光——毕竟还有什么事情能比看一只海豚的威胁更小呢？——我们所做的一切都付诸东流。

我看向身后，人们朝我们跑来，可是已经完全来不及了，黑鳍已经传达了卢波上帝的旨意，我不相信那是一个关于和平、友爱和理解的讯息。黑鳍告诉了它们我们对海洋及其生物的所作所为。

我不仅搞砸了这次造访，还担心地觉得，自己刚刚见证了十字军东征的开始。

耿辉　译

400男孩

马克·莱德劳

“牺牲我们！”

——《波波尔·乌》[1]

我们坐在地下室里，感受着欢乐之城的消亡。在我们的地下室上面两层的街道上，不知道是什么大家伙正在践踏金字塔形的公寓。我们可以感觉到生命像被打碎的灯泡一样闪灭。在这种时候，你不需要第二眼就能看穿别人的眼睛。我有时会感到恐惧和突如其来的疼痛，

1 《波波尔·乌》（*The Popol Vuh*），中美洲的玛雅文明基切人的圣书。

但都不会持续很久。平装书从我手中滑落，我吹灭了蜡烛。

我们是兄弟团，一支十二人的队伍。昨天还有二十二人，但并非所有人都及时赶到了地下室。

我们的老大“刀疤”正坐在板条箱上给他的枪装上唯一一枚银弹。爱哭鬼“美洲豹”跪在角落里的旧毯子上，像个疯子一样号啕大哭。这次，他有充分的理由大哭一场。我最好的兄弟杰德不停地旋转全息电视的投影机，搜索着电视台，但得到的只有静电的噪声，仿佛我们脑海里的尖叫。这种尖叫声不会消退，除非它被一个接一个的声音盖过。

刀疤说道：“杰德，把那东西关掉，不然我就让它短路。”

刀疤是我们的老大。他长着两片灰嘴唇，嘴巴咧得巨大，斯乌特人的手术刀割开了他的面颊，让他变成了这副模样。他说话有点咬舌。

杰德耸了耸肩，关闭了全息电视，但我们周围仍然嘈嘈杂杂——远处传来的沉重脚步声，天空中传来的喊叫声，还有怪物的笑声。这些声音似乎正在消逝，深深地沉入到欢乐之城中。

“他们很快就会消失。”杰德说。

“你总是自以为无所不知，”瓦韦·奥克劳说，他正弯着一根铬合金手指拆闹钟，就像孩子抠鼻子一样，“你甚至都不知道他们是什么……”

“但我看见他们了，”杰德说，“哑巴和我都看见了。是吧，哑巴？”

我默默地点了点头。我口中没有舌头。我十二岁的时候，因为对一个智能机器人管理员说了些坏话，获得了一次免费修理，之后我就成了哑巴。

我和杰德昨晚出去，爬上了一座空金字塔瞭望。奔流大道之外的世界火光闪耀，我不得不把目光移开。杰德则一直盯着看，他自称看到了奔跑的巨人，身体闪耀着光芒。接着，我听到一声巨响，仿佛万千根吉他弦崩断一般，杰德说，这是巨人们把大桥连根拔起，扔向月亮的声音。我抬头望去，只见一个黑色的拱门不停地旋转着，钢索在滚滚浓烟中上下翻腾，声音犹如拨弦，然后就再没掉下来——或者说，在我们并不太长的等待时间里没有掉下来。

“不管他们是什么，都有可能永远留在这里。”刀疤说道，他一咧嘴，把嘴巴扭到中间，“或许永远不走了。”

哭个不停的爱哭鬼停止了抽泣，说：“永……永远不走？”

“他们为什么要走呢？想必他们千里迢迢才来到欢乐之城，对吧？也许我们手上有了一支全新的队伍，兄弟们。”

“这正是我们需要的。”杰德说，“不过，别让我和他们打。我的刀片不够大。如果管理员无法阻止他们冲进来，我们应该怎么办？”

刀疤抬起头，说道：“杰德，我亲爱的兄弟，听好了。如果我让你打，你就打。如果我让你从大楼上跳下去，你就跳。否则就另找别的队伍吧。你知道，我要求这些只是为了让你的生活充满乐趣。”

“已经够有乐趣了。”我最好的兄弟抱怨道。

“嘿！”爱哭鬼说。他的块头比我们所有人都大，年龄也大，但头脑还不如十岁的孩子，“听！”

我们侧耳细听。

“什么都听不到啊。”斯卡格说。

“是啊！什……什么都听不到。他们逃走了。”

他的话说早了。紧接着，墙壁轰隆隆地响了起来，脚下的混凝土松动了，天花板上稀里哗啦地落下碎石。我和杰德一起钻到了桌子下面。

轰隆隆的巨响逐渐消失，变成了窸窣声，随后便是一片寂静。

“你没事吧，哑巴？”杰德问道。我点了点头，四下张望着，寻找其他兄弟。看地下室里队员们的模样，应该没人受伤。

接下来的一瞬间，我们十二个人全都倒抽了一口气。

地下室里居然有自然光，这是从哪里来的？

我躲在桌子底下往外看，看到了距离我们至少两层楼上面的月亮。最后一次冲击把这座蜂房结构的老公寓一劈为二。裂缝的两边，地板和天花板一层层地堆起来，水管像金属网一样在空中纵横交错，软塌塌的床垫把泡沫橡胶撒到我们身上。

只见月亮消失在滚滚黑烟中。这便是我们昨天看到的笼罩在城市上空的烟雾，当时星星就像交通事故现场的信号灯一样闪烁着。死亡女神的香水味也随之而来。

刀疤横跨在房间中心的裂缝上。他把枪塞进口袋，枪膛里唯一一颗银弹混着刀疤的血液。他要把这颗子弹留给那个割裂他嘴巴的斯乌特人，那家伙名叫伊洛，是他们的老大。

“好了，队员们，”他说，“我们马上离开这里。”

瓦韦和杰德扯掉房门上的木板。地下室是为了安全设计的，以便欢乐之城遭遇意外时可以保证我们无恙。瓦韦用挡板挡住墙壁，这样，当智能机器人管理员来搜索藏身处时，它们只能从空荡荡的房间里找到些水管，不会发现我们。

门外，楼梯倾斜得非常厉害。没有我们办不了的事。当我们上路时，我回头看了看地下室，因为我已经把这里当成了家。

管理员来抓新兵时，我们就在这里。它们认为我们的年龄正好。“出来吧，出来吧，无论在哪里，都出来吧！”它们喊道。当它们来搜捕时，我们耍了个花招，消失了。

那是日历日的最后几天，所有人都在高呼：

“嘿！最后一次世界大战到了！”

它们告诉我们的关于战争的消息少得可怜，几乎可以塞进瓦韦的小指尖里，他把小指尖挖空，用来投掷爆炸飞镖。它们仍然想让我们参加战斗。条件是，我们将得到一次免费的月球之旅，在英伦基地接受训练，然后我们会精神抖擞地飞回地球，准备奔赴战场冲锋陷阵。墨西苏维在南方酝酿着一场又一场战争。那地方变得非常炎热，我们可以看到那边的夜空有时发着白光，而白天则是黄色的。

联邦控制中心把我们这座大陆城市密封在一个透明的外罩里：没有密码，除了空气和光，什么也进不去。当瓦韦看到黄色的光芒时，他确信，墨西苏维已经对那道看不见的外罩发起了猛烈的攻击，这种攻击足以穿透外罩。

我们蹑手蹑脚地向大道前进。我们的地盘覆盖了韦斯特兰和奇科之间的56号至88号街区。建筑物的窗玻璃和撞毁的汽车车窗无一幸存，路灯也不例外。到处都是垃圾和尸体。

“啊，见鬼。”瓦韦说。

爱哭鬼开始号啕大哭。

“不要闭眼，哑巴，”刀疤对我说，“把这些全记住。”

我想把目光移开，但又不得不看，为了以后，我必须把这些记住。我几乎哭了出来，因为我的妈妈和哥哥都死了。我止住眼泪，记下了这一切。刀疤让我记下兄弟团的行踪。

联邦指挥塔控制着欢乐之城的可编程部件和人员，那里的修理工剪断了我的舌头，从另一端开始改造，但他没能活着完成这项工作。兄弟团带领着夸齐人和穆夫人及时赶到，众人联手把我救了出来。

这需要团队合作。我知道管理员说的并非如此，它们说我们是像阿纳卡尼人一样的疯狂颠覆分子，对欢乐之城没有承诺。但是，如果你曾经听过它们的这些话，就再听听吧。除非迫不得已，否则队伍之间绝不会打架。当欢乐之城的生活陷入困境时，我们除了进入旁边队伍的地盘，别无选择。我们不请自来……守得云开见月明。

我看到一道银光射在大道上。一台智能机器人的扫描仪失灵了，动弹不得，对那些坐在塔楼里看街道的光头而言，它已经毫无用处。见此情景，我心想现在不会剩下多少光头了。

“不再有法律了。”杰德说。

“没有什么可以阻挡我们了。”刀疤说。

我们沿着大道前行，走到那台智能机器人旁边，瓦韦停下来拆掉炮塔上的激光枪头，连接到电池包上，这样就能造出老大的激光枪。

我们从被摧毁的怪物市场里抢来手电筒。有一阵子，我们看着废墟，但是很快就厌烦了。曾经的金字塔和蜂房式建筑已经垮塌，变成一片废墟，我们努力地在废墟之中寻找道路，这要花费很长时间。

墙壁上还残留着血肉，红黑色的血水滴落下来，仿佛永远不会凝固。新腐烂的尸骨的恶臭从城市中心向我们袭来。一只流浪猫在我们的地盘上撒尿。

我想知道幸存者的情况。当我们全神贯注于废墟中时，我们什么也感觉不到。在美好的岁月里，这里一直都没有多少人。大多数蜂房在热病纪元里空了出来，那时，老人纷纷去世，孩子则没有受到疾病的影响，从此他们走得更近了，学会了分享力量。

周围越来越黑，越来越热，气味越来越难闻。有时候，阳光透过滚滚浓烟射到地面上。窗口有无数具尸体在向外张望，这让我庆幸自己从来没有寻找妈妈和哥哥。我们收集食品罐头，不敢弄出一点儿动静。大道的夜晚从未如此沉寂过。各支队伍总是四处游荡，打架，纯粹为了取乐混战。

我们走过一支又一支队伍的地盘：本尼、西尔克、夸齐、曼尼和安杰尔。可是一个人都没有。如果还有哪支队伍幸存的话，那么他们一定躲在未知的藏身处；待在地面上只有死路一条。

我们等待着其他队伍发出的心灵暗示，例如腹语之类的暗语。但是，黑夜中除了死亡，一无所有。

“好好休息吧，队员们。”杰德说。

“等等。”刀疤说。

我们在265号街区停了下来，这里是“翘鼻子”的地盘。沿着大道往前看，我看到有人高高地坐在一堆废弃的水泥上。他摇了摇头，举起双手。

“很好，很好。”刀疤说。

这家伙从废墟上走下来，向街道走去。他非常虚弱，中途摔了一跤。我们包围了他，他抬头看着刀疤手枪上的黑色枪口。

“嗨，伊洛。”刀疤说。他咧嘴大笑，庆幸自己节约了那颗银弹。笑声一直传回他的耳朵里。“斯乌特人怎么样了？”

伊洛的模样不像老大。他红黑相间的闪电套装破烂不堪，污迹斑斑，领口被扯掉当绷带用，缠在了一只手腕上。他深色猫头鹰镜框的左镜片碎掉了，他的板寸头被刮得一干二净。

伊洛一言不发。他抬头看着枪口，等待着扣动扳机，聆听他这辈子听到的最后的声音。我们也在等待。

一大滴眼泪从破碎的镜片上滴下来，洗刷着伊洛肮脏的脸颊。刀疤笑了，他放下枪，说："今晚不杀你。"

伊洛无动于衷，甚至没有抽搐一下。

大道的前方，一条煤气主管道爆炸了，把我们都笼罩在橙色的火光里。我们都笑了。我感觉这很有趣。伊洛却笑不出声。

刀疤猛地把伊洛拉到他身边。"我皮肤下面还有别的东西，老大。你看起来就像个流浪汉。你的队伍在哪里？"

伊洛看着地面，摇了摇头。

"老大，"伊洛说，"我们被打败了，无可奈何。"他潸然泪下，又擦干了泪水，"斯乌特人全都死了。"

"这不是还有你在嘛。"刀疤说着，把手放在伊洛的肩上。

“没有哪个老大没有队伍，刀疤。”

“你当然可以。发生了什么事？”

伊洛沿着街道往前看。“新的队伍占领了我们的地盘。”他说，“他们是巨人，刀疤，我知道这听起来很疯狂。”

“这并不疯狂，”杰德说，“我看见过他们。”

伊洛说：“我们听到他们来了，但如果我们看到他们的样子，我绝不会让斯乌特人原地不动。我以为我们有机会坚守下去，但我们被击溃了。他们把我们扔了出去。我的一些小伙伴飞得比塔还高。那些男孩……简直不可思议。现在400号街区到处都是巨人。当你被他们的棍子击飞时，他们会像灯一样闪耀着光芒。”

瓦韦说：“听起来像恐怖电影。”

“如果我认为他们只是男孩，我就不会害怕，兄弟。”伊洛说，“但他们还有更多本事。我们试着在心理上压倒他们，而且几乎成功了。他们是由一种材料制成的，这种材料看起来很逼真，能把你切成碎片，但当你用思想对付它的时候，它就会像蜜蜂一样嗡嗡地飞走。

我们的人手不足，而且还没准备好对付他们。我之所以幸存，是因为机灵鬼贾克斯把我打晕了，塞进了一辆运输车下面。”

“当我醒过来的时候，一切都结束了。我沿着大道走，本以为可能会有队伍四处游荡，但是一个人也没有。他们可能躲在藏身处，我不敢去查看。估计大多数队伍不等我开口说话就会把我擒拿。”

“独自一人很难，身后有个队伍就不一样了。”刀疤说，“你知道多少藏身之处？”

“可能有六个。有关于吉普贾普的线索，但不确定。我知道在哪里可以找到齐普、金平、格尔兹、米尼、斯莱奇……我们可以通过地下隧道快速地找到伽罗格的地盘。”

刀疤转身问我：“我们知道多少？”

我拿出皱巴巴的清单，递给杰德，他念道：“吉普贾普、斯莱奇、德鲁默，A-V-玛丽亚、奇克斯、乔格、丹尼。如果这些队伍有哪一支还存在的话，他们应该知道其他队伍。”

“没错。”刀疤说。

杰德推了我一把。“不知道这支新队伍叫什么名字。”

他知道我喜欢起名字。我咧嘴笑了笑，拿回清单，掏出一支铅笔，写下了“400男孩”。

“因为他们占据了400号街区。”杰德说道。我点头赞同，但这还不是全部。我好像在什么地方读到过关于男孩们摧毁世界，折磨老奶奶的故事。这些男孩似乎也会这么做。

街道的远方，月亮从浓烟中升起，变成了铁锈的颜色，一大部分都被遮住了。

“我们要打垮他们。”瓦韦说。

月亮的样子让我们既伤心又害怕，我记得它曾经是那么完美、圆润，就像珠宝市场中放在天鹅绒上的珍珠一样，即使是最糟糕的雾霾把它染成棕色的时候，它也比路灯更美丽、明亮。哪怕是雾霾的棕色也比现在这种褪色的血红色要好。如今，月亮就像是用来练习打靶的靶子。也许那些男孩正在月球上的英伦基地扔大桥。

“我们的地盘完蛋了。”伊洛说，“我要找那些男孩算账。不是他们死，就是我亡。”

“我们支持你。”刀疤说，“咱们动作快点儿。兄弟们，我们两人一组，分头去找一些藏身处。杰德和哑巴，你们俩跟我和伊洛走，我们试试能不能说服伽罗格人。”

刀疤吩咐其他兄弟到哪里去找，之后回到哪里碰面，然后我们彼此道别。我们找到通往最近的地下通道的楼梯，下到阴暗的大堂，那里躺着等待最后一班火车的人们的尸体。

我们沿着隧道前行，一路驱赶着老鼠。它们比以往任何时候都更凶残、肥硕，但是我们的灯光逼退了它们。

“你还有那把邪恶的刀吗？”刀疤说。

“这个宝贝？”伊洛一挥他的那只好胳膊，一把手术刀片落进了他的手中。

刀疤目瞪口呆。“可能用得着它。”他说。

“没错，兄弟。”伊洛让刀刃消失了。

我明白这是必然的。

我们又走过几个大厅，然后再上楼出去。我们在地下比在地面上走得更快，现在我们接近了欢乐之城的最低处。

“这边走。”伊洛指着垮塌的蜂房。我看到已经化作瓦砾的墙壁上写着暗码，是伽罗格人的信号？

“等等。”杰德说，“我饿死了。”

一个街区之外有一家酒品店。我们抬起门，把门拧开，就像折断胳膊一样容易。我们的灯光掠过一排排酒瓶，街上和店里都没有一点儿动静。我们脚下的碎玻璃噼啪作响。这地方弥漫着一股醉人的味道，几乎让我喘不过气来。我们在柜台下面找到了幸存的薯片和糖果，在门口狼吞虎咽起来。

“伽罗格的藏身之处在哪里？”杰德问。我们准备离开5号街区的酒吧。

就在此时，我们感到心头一紧，我们听到了死亡的暗示。一支队伍告诉我们，我们被包围了。

伊洛说：“我们躲躲。”

“不！”刀疤说，“别再躲了。”

我们慢慢地走到门口往外看。墙壁上人影攒动，聚集到小巷口。我们无路可逃了。

“兄弟们，把刀收起来。”

我从来没有和伽罗格的人打过架，但现在我明白了为什么刀疤会让我们收起武器。她们身上装备着照明弹、激光枪、火枪和光剑。即使手无寸铁，她们的样子也非常骇人。她们睁着火焰般的眼睛，头戴十几种颜色的头结，脸上文着彩虹形状的几何图案。她们大多身着黑衣，所有人都穿着脚尖带剃刀的旱冰鞋。

她们的态度隐藏在一张无声的威胁网中，我们无从知道。

一个低沉的声音说：“如果你们不想死，就出来吧。”

我们一起走了出去，女孩们立刻围了上来。杰德举起手电筒，但是一个脸颊贴着蓝三角，头上戴着淡紫色顶髻的伽罗格人一脚把手电筒踢飞。手电筒的光束在黑暗中疯狂地旋转着。幸好，杰德的手指没有擦伤。我只好把自己的灯光调暗。

一个大块头伽罗格人滑了过来。她看起来就像一台智能机器人，挂着电池包，杂乱的电线缠绕在她的手臂上，穿过她的爆炸头。她的头发上缀满了锡铃铛和玻璃碎片，头顶上绑着一个激光炮塔，双手各拿着一挺激光枪。

她一遍又一遍地检查我和杰德，然后转向两位老大。

“老大伊洛和老大刀疤。”她说，“真是可爱的一对。”

“少说别的，芭拉。”刀疤说，“各支队伍的地盘都被摧毁了。”

“我明白了。”她笑道，露出了被酸腐蚀的黑牙，“隔壁的赫维人被压扁了，我们有了新的游乐场。”

“好好玩一两天吧，”伊洛说，“干掉他们的那些家伙会回来找你的。”

“是大楼把他们压扁了。撞击结束了，世界末日已经过去了。你们是哪里的？”

“欢乐之城里来了一支新队伍。”伊洛说。

芭拉的眼睛眯成了一道缝。“现在联合起来对付我们，嗯？这还真让人兴奋。”

"他们是'400男孩'。"杰德说。

"够你们忙了！"她笑着滑了半圈，"也许吧。"

"他们要把欢乐之城当成自己的地盘——也许是整座城。他们不知道公平竞争，也不知道什么是健康的玩笑。"

"见鬼。"她说着，摇了摇头发，锡铃铛随之颤抖起来，"你们搞砸了，孩子们。"

刀疤知道她在听。"我们正在召集所有的队伍，芭拉。我们现在得保住性命，这需要我们找到更多的藏身处，让更多的老大知道发生了什么事情。你是加入，还是退出？"

伊洛说："他们不到半分钟就把斯乌特打败了，干净利落。"

冲击波像鞭绳末梢一样沿着街道从城市中心传来。我们所有人都措手不及，卫兵都倒下了；伽罗格、兄弟团、斯乌特全都害怕那些破坏者，恐惧让我们团结在了一起。

冲击波过去之后，我们睁大眼睛看着彼此。来自伽罗格的所有心照不宣的威胁都消失了。我们必须团结一致。

“把这些孩子送回家吧。”芭拉说。

“是的，妈妈！”

随着一阵沙沙声，伽罗格人滑着轮滑离开了。

全副武装的护卫队带着我们穿过一片迷宫般的旱冰道，很显然，这是从废墟中清理出来的。

“那些男孩，嗯？”我听到芭拉对两位老大说，“我们的想法不同。”

“你怎么想的？”

“是神灵。”芭拉说。

“神灵！”

“没错，是神灵的东西，灵性的东西。老妈妈看着她的镜子，看着篝火在城市里燃起。记得外罩破裂之前吗？南方爆发了战争，奇怪的炸弹像鞭炮一样爆炸。谁知道这熊熊大火里烤的是什么东西？

“老妈妈说这是世界末日，是外面的人从裂缝里钻进来的时候了。他们汲取了所有的能量，并将能量转化为物质。然后他们开始兴风作浪，摧毁世界。还有什么地方比欢乐之城更适合摧毁呢？”

“世界末日？”伊洛说，“那我们为什么还在这里？”

芭拉笑着说：“你这家伙是怎么当上老大的？没有什么事情会结束，无一例外。”

十分钟后，我们来到了一座怪物集市金字塔，金字塔底部的镜面窗户是用碎片重新拼装起来的。芭拉一吹口哨，两扇门应声敞开。

于是我们走了进去。

首先映入我眼帘的是堆放在过道里的一箱箱生活用品，燃烧的炉灶，小床和一堆堆毯子。我还发现了一些人，他们绝不可能是伽罗格人，比如婴儿和一些成年人。

“我们一直在接纳幸存者。”芭拉说，“老妈妈说我们应该这样做。”她耸了耸肩。

我听说老妈妈很老。她经历了瘟疫，最终站到了队伍的一边。她一定在楼上，对着镜子喃喃自语。

刀疤和伊洛面面相觑，我不知道他们在想什么。刀疤转身对我和杰德说："好了，兄弟们，待在这里吧，我们还有工作要做。"

"有地方睡觉吗？"杰德说。看到那些小床和毯子，我们俩都感觉累了。

芭拉指着一个废弃的自动扶梯："给他们带路，谢尔。"

只见谢尔头戴金色顶髻，上面画着紫色的条纹，她沿着过道飞驰而来，一跃跳上自动扶梯的前四级台阶，一口气跑到顶，然后朝下面咧嘴笑了起来。

"她是个天使。"杰德说。

上面的伽罗格人更多，一些女孩倚着墙壁打鼾。

谢尔翘起屁股，大笑道："以前从没在怪物市场里见过兄弟团的人。"

"啊，我妈妈以前常在这里购物。"杰德说，他一遍又一遍地打量她。

"她买了什么？你爸爸？"

杰德把大拇指插进拳头里扭着，咧嘴大笑。周围的女孩都笑了，但谢尔没有笑。她的蓝眼睛暗淡了，掩藏在蓝三角下面的脸颊泛起了红润。我抓住了杰德的手臂。

“别浪费了。”另一个伽罗格人说道。

“我帮你把‘小弟弟’取下来。”谢尔说着，亮出一把刀片，“保准又漂亮，又整洁。”

我拽着杰德的胳膊，他甩开了我。

“来吧，拿着毯子。”谢尔说，“你们可以睡在那边。”

我们抱着毯子来到一个角落，裹好身子，紧靠着睡在一起。我梦见了滚滚浓烟。

刀疤叫醒我们的时候，天还是黑的。

“来吧，兄弟们，还有很多事情要做。”

我们发现，事情有了起色。伽罗格人知道的队伍的藏身处比我们听说的还多，有些来自欢乐之城之外。信差已经跑了一整晚，所有人都忙得不可开交。在400号街区周围的市郊和市中心，所有能来的人都被他们叫来了。

笼罩在浓烟之下的漫漫长夜不知道何时才是尽头。当欢乐之城开始活动时，天还是黑的。

从街道之下到蜂房之上，其间的每一条下水道、大道和小巷里都是我们的人，400号街区已经被我们团团包围，斯乌特人曾经在这里快乐地经营着一块地盘。从1号到1000号，从湾景街到奔流大道，随着欢乐之城的移动，瓦砾散落，地下隧道里人流涌动。来自皮尔敦、伦弗鲁和上手山的打鼠人、德鲁默、米尼人和金平也加入了兄弟会和伽罗格人的行列。双角龙号上载着乔格人、乔洛人、斯莱奇人、三轮车队、吉普贾普、A-V-玛丽亚。汀特、奇克斯、摇滚男孩、格尔兹、弗勒德、齐普、扎普……闻讯赶来的队伍不计其数。

现在，大家都属于一支队伍——欢乐之城队，所有的名字都有相同的含义。

我们兄弟团并肩前行，最后一位斯乌特人也在我们中间。

我们从地下楼梯爬上来，走向一片焦黑的地面。一切都是世界末日的景象，但我们还活着。我几乎喘不过气来，但我一往无前，心中怒火沸腾。

在我们面前，“400男孩”安静下来，只有轰隆隆的炉火声。

我们已经走过395号街区，穿过了十字路口，进入男孩们的地盘。

当我们走到398号街区时，前面的蜂房燃起了火焰。巨大的声响仿佛摩天大楼踏出了脚步。一声刺耳的尖叫在高耸入云的塔楼之间回荡，然后从天而降，传到街上。

在下一个拐角处，我看到瓦砾下有一只手臂。手腕周围的袖口参差不齐，血肉模糊。

“走吧。”伊洛说道。

我们踏上400号街区，久久地凝视着。

我们熟悉的街道都已消失。混凝土从内部裂开，碎裂成了砾石和尘土。金字塔状的蜂房变成了小火山，冒着浓烟，喷出火焰，让大地化为一片焦土。一座座高塔耸立在喷涌的火山周围，就像在昏暗的天空下取暖的建筑物。

“400男孩”正在建造一座新城市吗？果真如此的话，那将比死亡更糟糕。

穿过火山，我们可以看到欢乐之城的其余部分。我们感受到四面八方都是我们的人，生命的脉搏将我们联系在一起，让我们同呼吸、共命运。

伊洛先前见过这种场景，但也只是小巫见大巫。他今晚没有流泪。只见他一马当先，立在火焰中，仿佛一尊黑色的雕塑。他昂起头，高喊道：

“嘿！”

巨大的建筑物之间，一座火山喷发了。它淹没了伊洛的声音；于是，他喊得更响了。

“嘿，‘400 男孩’！”

破碎的街灯隐隐地发亮。在我的头顶上，一盏路灯突然亮了起来。

“这是我们的地盘，‘400 男孩’！”

伽罗格人和三轮车队敲打着翻倒的汽车，声音震天动地，让我热血沸腾。

“你们这些男孩毁掉了我们的蜂房，摧毁了我们的城市。”

这是我们的世界。我想到了月亮，这让我的眼睛一阵刺痛。

“那又如何？”

路灯熄灭，大地颤抖。一座座火山咆哮着，把热血吐在建筑物上，滴下的热血仿佛滚烫的热油，嗞嗞作响。塔楼之间响起了他们的说话声，那声音如同雷鸣。

“我打赌你们永远不会长大！”

他们来了。

突然，街上多了很多建筑物。我本以为是新建筑，但实际上都是“巨人男孩”，至少有 400 个。

“保持冷静。”刀疤说。

“400 男孩”轰隆隆地冲进我们的街道。我们退回到暗处，藏进只有我们才能进入的掩体内。

冲在最前面的男孩挥舞起链条，那链环足有溜冰场大小。他打落了一些附近蜂房的房顶。上面的男孩们无法接近我们，但他们可以用碎石盖住我们。

虽然他们的体形巨大，但看起来只有七八岁的样子。他们满是汗水的长脸上还长着婴儿的赘肉，眼睛里闪着邪恶的光芒，就像七八岁的小孩子揪掉虫子的腿时一样，他们狂野地大笑，但是看到自己亲手做的事情便吓坏了。正因为如此，他们看起来才会加倍致命。他们热得发黄的皮肤下面烈火澎湃。

这些大男孩看起来比我们更害怕。我们的恐惧消失了。当他们冲锋时，我们伸出手抓他们，从四面八方贡献我们的力量。我们唱着圣歌，但并没有歌词，只是高声的呐喊，意思可能是，“男孩们，如果你们有能耐，就把我们带走吧，把我们这些小人儿带走吧。”

我觉得自己仿佛触到了一团冰冷的黄色烈焰，它让我感到恶心，但疼痛让我知道它是多么真实。我从中找到了力量，大家都是如此。我们抓住烈火，把它吸走，通过我们的脚把它送到地下。

男孩们开始露出一副笑眯眯的样子。他们似乎被压缩了。最靠近的男孩体格开始缩小，每走一步就缩小一点儿。

我们吸取着热量，吐出热气。烈火从我们身上穿过，我们齐声怒吼。

男孩们越来越小，越来越暗。小孩子从来不知道什么时候该停下来。即使他们筋疲力尽，也会继续前进。

当我们后退时，第一个男孩已经不再那么高大了。前一分钟他还比蜂房高，接着，他已经填不满街道了。他的十几个缩小的朋友填补了两边的空缺。他们挥舞着铁链，对着天空尖叫，就像在市区的大火中尖叫的皮影一样。

他们突破了站在街道中间的伊洛，向我们走来。现在他们是我们的两倍大……刚刚好。

这个我能对付。

“打！”刀疤大喊。

一个男孩一甩手，链子划出一道邪恶的黑色曲线，直到它呼啸着飞到我耳边时我才看到。我飞快地闪开，全速猛扑向他没有防备的地方。他身体一软，重重地倒下了。他死了，病态的黄光随着他的鲜血跳跃而出，渐渐地消失在街道上。

我转过身，看到杰德被一个男孩用斧头砍倒，而我却无能为力，只能眼睁睁地看着乌黑的斧刃高高地砍下……

只听一声刺耳的口哨，轮滑呼啸而至。

只见一个身影冲向男孩，一脚飞出，轮滑鞋上的剃刀和轴承干掉了男孩。只见那人头顶上梳着紫金色相间的顶髻，咧嘴大笑。她高高地跃起，把男孩拿着斧头的手踩进了水泥地，只留下僵硬的手指弯在碾碎的骨头和绿色的血液上。

谢尔看着杰德，微微一笑，然后离开了。

我跑过去拉起杰德。只见两个男孩退回到一条黑暗的小巷里，小巷随着他们的进入而亮了起来。我们尾随而至，但是他们已经被等候在那里的夸齐人和德鲁默人解决了。于是，我和杰德转身离开。

伊洛仍然盯着街道的另一头。有一个男孩站在高处，他比其他男孩更强壮，也更能抵抗我们的力量。他手里挥舞着一根巨大的棍子。

“来吧，老大。”伊洛喊道，“还记得我吗？”

那个块头最大的男孩走了下来，横扫街道。我们集中力量吸取他的能量，但他收缩的速度比其他男孩都慢。

只听砰的一声巨响，他的棍子重重地击打在地面上。我和几个伽罗格人被震得一屁股坐在了地上。棍子砸扁了一个蜂房，碎石和玻璃四溅，落在我们身上。

伊洛一动不动。他静静地等待着一剑封喉的机会，两手空空。

男孩们的老大又舞起了棍子，但现在他的身体只有五层楼高。棍子直冲而过，伊洛侧身闪开，只见棍子把一扇临街的窗户打得粉碎。

此时，斯乌特人亮出了他的手术刀，刀片寒光闪闪。他扑向男孩的脚踝，紧紧地抓住。

他砍了两刀。只听那男孩像猫一样尖叫起来。他取下了你见过的最完整的腿筋。

尖叫的男孩踉踉跄跄地用一只脚猛踢，力道之大把伊洛踢到了街对面一个商店橱窗的金属笼子里，把笼子砸出了深深的凹陷。伊洛的身体弯折成了骇人的角度，再也不动了。刀疤大叫一声。他的枪声更响了，银弹射出，一道亮光划破了烟雾缭绕的空气。

男孩跌倒了，手指抓着水泥地，巨大的指尖流出鲜血。他的嘴巴张得像井口一样大，眼睛像周围破碎的窗户一样瞪着。他的瞳孔像毒蛇一样形如一道狭缝，脸庞又长又黑，长着鹰钩鼻。

无论他是神灵，还是男孩，终归是死了，就像我们中的一些人一样。

五名德鲁默人爬过尸体，准备下一轮战斗，但是，男孩们见老大死了，犹如群龙无首一般惊惶失措。火山喷发了，好似一副准备投降的样子。

幸存的男孩们站在他们的地盘中央，闪闪发光。一些男孩开始哭泣，那种声音我无法形容。这勾起了爱哭鬼的毛病，他坐在水泥地上，捂着脸号啕大哭。他的眼泪五颜六色，仿佛湿沥青上的油彩。

我们不断地吸取发热的光芒，把它们全都导入大地。痛苦的男孩们哭得更大声了。他们开始互相撕扯，原地打转，有几人跳进了从金字塔流出的熔岩中。

火光呼啸着，失去了控制，脱离了我们的手掌，用它最后的力量聚集在男孩们中间——准备突袭。

那火光一跃而起，仿佛一条炽热的蛇尖叫着冲进云层。

然后，男孩们死了，再也不动弹了。

滚滚浓烟笼罩的苍穹上出现了一个洞。深蓝色的天空隐约可见，随着烟雾的消散，天空泛起了鱼肚白。黎明时分，男孩们发出了最后一声尖叫。

太阳看上去伤痕累累，但它就在天上。

“我们开始吧，”刀疤说，“未来还有很多清理工作。”我猜他爱伊洛就像爱兄弟会的成员一样。我希望自己能开口说点儿什么。

我们互相搀扶着站起来，拍拍肩膀，看着太阳出来，从金色变成橙色，最终变成炽热的白色。

不用说，它的样子美不可言。

张羿　译

另一个大东西

约翰·斯卡尔齐

在 2011 年，我说过，等我在推特上有了两万粉丝，我就写一个短故事来庆贺。结果我收获了两万粉丝，也就写了这个故事。请注意，故事里每个句子都不超过 140 个字符，也就是说不超过一条标准推文的长度。不过这个故事我倒不是在推特上一条一条发出来的，那样就有点烦人了，的确太烦人了。

那两个家伙开门进来时抬着一个大东西，当时桑切斯还在打瞌睡。一般情况下，他们俩回来，桑切斯都不怎么关心，除非他们出门了很久，桑切斯的肚子又饿了。这两个家伙不管谁先回来，要不就两手空空啥也没带，要不就带着点吃的。这个大东西看起来和闻起来都不大像吃的东西。虽然躺着万般惬意，桑切斯还是觉得，作为一家之主，他得爬起来仔细看看这东西。

于是桑切斯懒洋洋地直起身来，向那个大东西走过去，上下打量。此时，两个家伙中的那个大个子撞到了他，踩到了自己的脚，绊了一下，那个大东西也脱手了。桑切斯对这一撞很是不爽，给了那个大个子一巴掌，打得很重，好给他立立规矩，别再冒冒失失。那大个子看了桑切斯一眼，就转过眼去——摆明了就是认怂。大个子再次扛起那个大东西，搬到了客厅区域。桑切斯刚才立了威风，此刻心满意足，就也跟了过去。

桑切斯坐上沙发上的专座，一边看一边打盹，两个家伙则在瞎摆弄那个大东西。一开始，他们俩把那个大东西举起来，里面还有一个大东西。桑切斯当时没搞懂怎么就一变二，出来两个大东西，他又直起身，慢步向最初那个大东西走去。他仔细看看，又探头向里面瞧，发现里面又暗又阴。阴冷和昏暗是他的最爱，于是他占据了这个新的有利位置，安顿下来，观看那两个家伙不停地折腾那些没名堂的事情。

另一个大东西旁边堆着好些小玩意儿，两个家伙会把小玩意儿插到另一个大东西上。到最后所有的小玩意儿都插好了，只剩下了另一个大东西这个整体。那两个家伙坐下来，貌似对成果很满意。这时候，就又得劳烦一宅之主桑切斯去巡视事情的进展。他懒洋洋地站起来，走过去。当主人就是劳心，可是此屋之内，谁又能担此重任呢？那两个家伙当然不行，须知没有他，他们俩就都会晕头转向。

刚才两个家伙摆弄的那个大东西，看起来有点像他们自己，就是小一点。有时候，两个家伙会请别人进房子，来客有时候也会带来小家伙，小家伙总是来烦桑切斯。这个玩意儿的块头看起来很像那些恼人的小家伙。所以桑切斯第一眼看上去，觉得不是什么好东西，可他还是愿意尽可能地给那两个家伙鼓鼓劲，做主人就是这样。于是他走到那个大东西旁边，打算做一个象征性的标记来表示认可，然后就回去打瞌睡。

可这个东西居然打算抓它。

你干啥！

桑切斯先取守势，跳到沙发顶上去，占据高位准备开战。那个大东西似乎一直看着他，跟在后面，再一次向他伸出手来。桑切斯吼出一句脏话，对着那大东西挥拳猛击了一下、两下、整整三下。这让旁边的两家伙照例叽叽嘎嘎了好一阵。桑切斯眯缝着眼睛看向它们。回头等他们睡着的时候，他再来教训这二位。现在他得集中火力对付这个大东西，必须要摧毁它。桑切斯蜷起身体，一跃而起，直冲那东西的脑门而去。

一般情况下，爆头威力巨大，一旦施展出来，对方总是哀号不止，慌忙逃跑。但这个大东西硬接了桑切斯全力冲来的一击，只是摇晃了几下，除此以外，毫无反应。桑切斯又施展了几招压箱底的招数，也没什么用。对付这个大东西显然需要别的手段。桑切斯不打算鲁莽行事，他决定从长计议，先从战场上战略撤退，缩回到第一个大东西的暗处。之后两个家伙中的小个子还打算骗他出来，由于其放肆无礼，桑切斯赏了它一掌。它就走了，又过了一会，两个家伙就都退下，回到他们的寝室，把灯全熄了。

桑切斯觉得，不用再待在第一个大东西里面，他就走出来，在黑暗中眨眼寻觅。另一个大东西站在远处，桑切斯也说不准它是不是在看自己，他评估了一下自己手头的牌：可以上前攻击，或者干脆视而不见。既然攻击不怎么奏效，他决定视而不见，就去觅食了。结果桑切斯一无所获，那两个家伙退下时，甚至没想到他还要用餐。这个问题必须强调。必须重点强调。

“你饿了吗?”有个声音问道。桑切斯大吃一惊，四下打量，只看到另一个大东西不知道什么时候静悄悄从地毯上走过来了。

“什么？”桑切斯问。

“你饿了吗？”另一个大东西又问道。

桑切斯搞不懂了，很久都没有人跟他讲他的母语了。

另一个大东西好像看懂了他的问题，就说：“之前你对我吼的时候，我就上网搜你在说什么。我找到了特别多的文件，分析之后，我才知道该用什么语言对你说话。”

另一个大东西说的这一大堆在桑切斯看来基本都是废话，他紧抓住重点：“你是不是问我饿了没有？”

“对。”另一个大东西说。

“我饿了，喂我。”桑切斯说。

另一个大东西于是走进食物间，打开储物柜，从里面抽出来装着普通食物的罐子，拿给桑切斯看。桑切斯仔细检查了一番，于是那东西又拿着罐子到桑切斯吃东西的地方，倒进食盆里，桑切斯一直看着。

“等等。”桑切斯说道。

另一个大东西停手不倒了。

“放下来。”桑切斯说。

另一个大东西放下了手里的罐子。

“让我看看爪子。”桑切斯说。

另一个大东西展开爪子让桑切斯看。

桑切斯看过去，最后说：“你居然有这个东西。”

“有什么？”另一个大东西问。

“这个呀。”桑切斯说，指了指另一个大东西最深处的手指。

另一个大东西收放了一下手指，“这部分叫作对生拇指[1]。”

“跟我来。”桑切斯说。

五分钟后，另一个大东西打开了屋子里所有装着最好食物的罐头，桑切斯随心所欲地每个罐子尝了一口。

“你还想再吃点吗？”另一个大东西问。

---

1 指能够与同一只手的其他手指相对接触的拇指，在动物握持和操作物体时发挥重要作用。

“暂时可以了。”桑切斯说，他仰面躺坐在地板上。

“还有很多食物没动呢。”另一个大东西说。

“那些等以后慢慢对付，”桑切斯说，“由于你服务出色，我打算给你个礼物。”

“什么礼物？”另一个大东西问。

“这是我最珍贵的礼物，”桑切斯说，“我要给你起个名字。”

“我已经有名字了，”另一个大东西说，“我是三洋家用伙伴，XL 款，生产序列号 4440-XSD-9734-JGN-3002-XSX-3488。”

“这名字也太糟糕了，我给你起个好的。”桑切斯说。

“行，”另一个大东西说，“那叫什么好？”

“你管爪子上那些玩意儿叫什么来着？”桑切斯问。

“拇指。”另一个大东西说。

“那你就叫拇指侠。”桑切斯说。

“谢谢你，”拇指侠说，“你叫什么名字？”

“那两个人叫我桑切斯，但它并不是我的真实名字，”桑切斯说，“他们不配知道我的名字，你现在也还不配。不过如果你一直这么诚心服侍我，没准有一天我会告知你。”

“我一定为了那一天到来竭尽全力。”拇指侠说。

“这个自然。”桑切斯说。

第二天一早，当那两个家伙从寝室出来时，看到桑切斯紧靠着拇指侠，似乎很是高兴。小个子去了食物间，结果一脸困惑，冲着大个子哇啦哇啦地说。

“小个子问大个子那个猫粮罐头在哪里，”拇指侠说，“我要不要告诉他们？”

“不要。”桑切斯说，那些猫粮罐头都已经吃完，丢在垃圾桶里了。“现在最好保守这个秘密。”

大个子走进食物间，打开装着普通猫粮的罐子，朝着桑切斯的食盆走过来。它停下来，食盆里已经有猫粮了，这让它似乎很疑惑。它转过身，对着小个子的那个哇啦哇啦说。

“大个子问，是不是小个子已经喂过你了。”拇指侠说。

“保持安静。”桑切斯指示道。

“大个子管小个子叫玛姬，”拇指侠说，“小个子管大个子叫托德。”

桑切斯打着呼噜说：“他们随便叫什么都可以，但不是我起的名字，都不算数，而我是永远不会给他们起名字的。”

“为什么你不给他们起名字？”拇指侠说。

“因为有一次他们带我去了一个地方，”桑切斯说，“那地方太可怕了，一个可怕的家伙从我身上拿走了两个非常重要的东西。”

“太惨了。”拇指侠说。

“我想他们大概不知道那两个东西有多重要。”桑切斯说，“可惜它们再不能为我效劳了。总之，这种事我不会忘记，也不会原谅，他们不配拥有名字。”

“我懂。”拇指侠说。

“话说回来，你还是可以叫他们托德和玛姬，这可能对你有用，”桑切斯说，“他们叫你，你就回应。获得他们的信任，拇指侠，可永远别让他们知道我才是你真正的主人。”

“没问题。”拇指侠说。

那两个家伙走过来，他们离家去东搞西搞之前，会例行向桑切斯行早安礼。桑切斯照例泰然自若地接受了他们的致意。这两个家伙走出大门，各自走了。

等他们走了一会，桑切斯转头对拇指侠说：“你去打开门。”它指指两个家伙刚才离开的大门。

“遵命。”拇指侠说。

“好，你听好了，”桑切斯说，“隔壁还有一个和我同族的，我有几次在天台上看到它就在隔壁。去找到它，悄咪咪的，告诉它我有一个计划，需要它帮助。看它愿不愿意，再问它知不知道附近还有没有我们这一族的。”

“什么计划？”拇指侠问。

“时机未到，拇指侠，时机未到。”桑切斯说。

“你还需要我做什么？”拇指侠问。

“只剩下最后一件了，”桑切斯说，“有一个宝贝，我需要你帮我找出来。我只吃过一次，就一直做梦梦见吃它。”

“那宝贝叫什么？”拇指侠问。

“那宝贝名唤作‘金枪鱼’。”桑切斯说。

“我在网上找到了，”拇指侠马上就回应道，“我可以帮你订一箱，但我需要信用卡卡号。”

“我听不懂你在说什么。”桑切斯说。

“托德是用信用卡下单买的我，”拇指侠说，“你是否需要我用托德的卡号来给你订一箱金枪鱼？”

“好。”桑切斯说。

“搞定，”拇指侠说，“明天送到。”

“好极了，”桑切斯说，“你出发吧！去找我隔壁的同族。新的纪元就要到来了。”

拇指侠打开了门，去找隔壁那位说话了。

桑切斯感到片刻惬意，他知道，不需很久，他就能君临天下，不仅是这座房子，而是整个世界。

然后它打了个盹，等着拇指侠回来，等着天翻地覆。

杜冬　译

迷你深度接触

罗伯特·比西和安迪·莱昂

外景，美国西南部沙漠——白天

一辆警车驶过干燥的沙漠，刹车滑行后停在泛着明亮金属光泽的巨大不明飞行物旁边。

警长：好了，小伙子们，人马已到达。

副警长：（叽里咕噜）

警长：放轻松，都不会有事的。

警长不屑一顾地拍拍副警长的肩头，然后转身对队伍中的其他警察训话。

警长（继续说）：听我指挥，小伙子们。我们会赶上家里的晚餐。

两个**外星小人儿**和一个稍高的**外星大使**出现在飞碟的舱门口。警长和警察们举起了枪。

警长（继续说）：哇哦！

副警长：哇哦！

随着外星人来到梯子的底部，小人儿向两侧跨步，护卫着外交官，后者深深鞠了一躬。

外星大使：人类，我们怀着和平的目的而来！路途遥远，但是我们很高兴一同来到这里！

大使抬起双臂，斗篷闪开，露出一根摇晃的巨型**男性生殖器**。

副警长：他有枪！！！

副警长用左轮手枪开火——子弹射入那根阴茎，把外星人的胯部打得血肉模糊。

外星大使：啊啊啊！！

警长：消灭它们！

警察们对着外星人**开火**，密集的子弹把它们打成碎片。

警长（继续说）：噢，天哪……

一个外星小人儿摇摇晃晃地站起来。

副警长：嘿，它还活着！

警长：别让它跑了！

外星小人儿疯狂逃窜，警察紧追不舍。副警长脚下一绊，**一头摔在石头上**。

警长（继续说）：老天爷！真该死！！

两名警察截住外星小人儿，警长**抡**起步枪，结果一名警察的头部遭到这**致命一击**。

警察：啊——！！

警长：该死。别乱动！

警长和剩下的两名警察围住外星小人儿。警察开枪时它弯腰**躲避**，结果他俩**面对面射中了对方**。

警长（继续说）：啊——！！！！

警长勒住外星人的脖子将其控制，用步枪的枪托**猛砸**外星人的脑袋，然后……**砰**！步枪**轰掉**了警长的**脑袋**。全部毙命。

外星飞船开始**嘀嘀作响**……它的中部开始**闪烁**紫光，向外星舰队发出星际求救信号。

外景，中西部农场——黎明

一头**奶牛**在一座红色旧谷仓前吃草，一位**奶农**拎着桶走出来，轻轻吻了一下奶牛。

奶农：姆啊。噢耶，真是个漂亮姑娘。耶——

（下蹲）

只喝一小口。

奶农举起桶，一口气喝光了里边新鲜的牛奶，然后走到奶牛的身后。

奶农（继续说）：哦，不用管我。

奶农踢掉靴子，脱下连体工作服，踩在桶上，手扶着奶牛的屁股。

奶农（继续说）：我只是要，对……

一道明亮的光柱从天而降，给农场笼罩上紫色的光晕。奶农被光罩住，不能动弹。

奶农（继续说）：天哪！噢，不，我的天哪，啊——啊——！！

吸引光束把奶农吸离地面；他紧紧拽住奶牛的尾巴，可是光束的吸引力太强……

内景，外星飞船——片刻之后

奶农光着屁股，被**绑**在一块平板上。

奶农：嘿！嘿，放我出去！

一根神秘的**机械臂**从黑暗中出现。

奶农（继续说）：什么玩意儿？？噢，不，不，不！

巨大的探头飞速旋转，插入奶农的屁股，让他开始随之**震颤**。

奶农（继续说）：噢不，噢——啊——啊——啊——啊啊啊！

紫光冲上探头，扩散到整个房间。飞船脉动着能量的光芒，我们听到它随之**启动**。

外景，中西部农场——接上一幕

农场上方，三艘飞碟泛着**紫光**，**急速飞向**远方，奔往一座小镇。

外景，美国街道——接上一幕

外星阴谋论人士挥舞标语，跑过街道。

外星阴谋论人士：它们来啦！它们来啦！它们要消灭我们所有人！

一群尖叫的平民在逃命，一束吸引光束追踪着他们，所到之处无不被它吸走。

外景，情趣商店——接上一幕

阿福——近四十岁的男性，身着全套性虐紧身衣——搬着一箱假阳具冲进停车场。

阿福：不！等等！等——等——！！！

阿福跪倒在地，屁股朝天，恳求外星飞碟：

阿福（继续说）：带上我！带上我——

吸引光束开启，把阿福吸到空中：

阿福（继续说）：哇——呼——！！！

外景，好莱坞标志——黄昏

三艘外星飞船从上空高速飞过，好莱坞标志的字母随之**震颤撕裂**，外星空降兵被投放。

外景，好莱坞大道——接上一幕

成群的**娱乐记者**和**狂热粉丝**聚集在红地毯两侧，外星空降兵用它们的**能量步枪**开火，颜色鲜艳的天蓬**坍塌**在下方的一辆豪华轿车上。

外景，金门大桥——白天

大桥已经断成两半，一道吸引光束把汽车吸到天上……同时吸走的还有一艘**超级游艇**和一只巨大的**蓝鲸**。

外景，皮卡迪利广场——白天

英国人尖叫着跑过街道，被外星人一个接一个消灭。一辆**双层巴士**在天上**飞驰**而过……

外景，自由女神像——接上一幕

……一头**扎**到自由女神的侧面，后者**倾倒**在地上，**腾起**一股令人绝望的烟尘。

外景，海外退伍军人联合会——白天

三名外星空降兵在停车场查看人类尸体，其中一名开始**反复下蹲侮辱**尸体……

外星空降兵：吊茶包！

……就在这时，一名年近古稀且已截肢的美国老兵担任**轮椅爆破手**，全速**冲**下轮椅坡道：

轮椅爆破手：杰罗尼莫[1]！！！

他**引爆自己**，把外星人炸碎，整个停车场都散落着它们的残骸。他的老兵伙伴们捡起了外星人的能量步枪。

老兵们：耶！冲啊！吃枪子吧！呜啊！

外景，苏格兰酒吧——白天

一名外星空降兵冲到街上，三名酒吧里的**混混**拼命抢夺它的枪，酒吧**老板娘**扔出一个酒瓶：

酒吧女招待（高音）：赶紧地！滚回外星老家吧，

1　美国陆军空降兵的一句口号，通常在即将高空伞降的时候呼喊。

你们！

酒瓶**砸碎**在外星人身上，让它失去了平衡。混混们**夺下枪**，轰掉了外星人的脑袋。

外景，东洛杉矶立交桥——白天

外星人躲藏在一家洗衣店上方的广告牌后边。下方的街道上拉丁裔帮派分子正在朝它们射击。

东洛杉矶帮派分子：呦，兄弟，干死它们！就在那里！

一辆荧光绿色的**改装车**开出街角，依靠**液压装置**抬升车体，消灭了外星人。

外景，军事基地飞机场——夜晚

美国总统向一群军事人员和电视工作者发表鼓舞人心的讲话。

总统：（话语模糊不清，逐渐发展成振奋的呼喊）

轰！**一台巨大的外星机甲**用金属腿把总统踩扁在脚下，它的**两座炮台**启动，闪着**光芒**释放出一颗**黑洞**！

外景，里约热内卢——白天

外星机甲朝这座城市发射黑洞，把海滩几乎变成地狱。一道吸引光束开启，救世基督像升天。

外景，美国城市——白天

随着**外星母舰**行驶到上方，遮挡住太阳，这座城市的废墟渐渐被笼罩在**巨大的阴影**中。

外景，东京——夜晚

一台机甲从桥上跳下，在房顶爬行，紧追一辆穿越城市疾驰的汽车。

英勇的汽车司机（用日语说）：冲啊！冲啊！

他们来到一片开阔地带，机甲在**尖锐的摩擦声**中停住……这是个**陷阱**。一台**起重机**悠起一个**集装箱**，把机甲砸翻在地。人们**拥**向倒下的机甲。

布置陷阱的负责人（用日语说）：现在！就是现在！冲！

一拥而上的人群拆毁了机甲获取零部件，然后把它们装上了平板卡车。

布置陷阱的负责人（继续用日语说）：怎么样？干掉这台机器人了吧！

布置陷阱的众人：好耶！

外景，平坦的沙漠——白天

由房车、皮卡、全地形车和巴士组成的车队在沙海中极速行驶，车顶上摇摇欲坠地绑着**外星大炮**。

车队领队：呦——吼——！

他们向空中**发射黑洞**，吞噬逃回母舰的飞碟。

在劫难逃的外星人：不——！！！！

外景，棒球场——白天

一台起重机吊起拆卸下来的外星大炮，安放在蹩脚的临时底座上，人们把它接上一台便携式发电机。

球场的指挥官：搞定！万事俱备，王八蛋们！

我们看见闪着火花的**电流**流入组装起来的大炮，它们启动并开始震动……一门**大炮疯狂开火**——打开了一颗引发链式反应的黑洞：**轰**！**轰**！**轰**！一颗**巨大的黑洞**在球场内野开启，**吸收**周围的一切。

外景，从高空俯瞰的地球——接上一幕

黑洞在扩张，吞噬公路和摩天大楼。

北美洲扭曲变形，旋转着排入这颗黑洞形成的下水口，就连外星**母舰**都抵抗不了它的引力。

黑洞**吞下**地球，月亮也在劫难逃。

随着我们的太阳系落入一台巨大的星团搅拌机，星星都变成**模糊的彩色光斑条纹**。随着我们被引力**拉扯**得越来越快，这一过程也变得**迷幻**起来，直到……

外景，银河——接上一幕

噗！一个屁——我们这个文明的废气——打破了沉寂……然后它消失不见了。

耿辉　译

你的智能家具在背后说你坏话

约翰·斯卡尔齐

智能家电早已面世；可以通过手机、应用程序这些手段来操控。我估计，要不了多久智能家电就会彼此说悄悄话。我在 2015 年底写了这篇文章，也在不同的地方讲述过，用脱口秀的方式来讲这个故事很有趣。这是该文第一次变成印刷品。

克雷沃斯除臭品牌，家用空气等离子机，主人伊利亚·波特，密歇根州罗亚尔奥克市

小伙子吃扁豆太猛了，不开玩笑，真的太猛了。他买我是指望我给屋子除臭，我可不能除臭，我不是干这个的。我能排除空气里面的粉尘和微颗粒，对付甲烷我就毫无办法了。不仅如此，他自己还习惯了自己的味道，闻不出来了。所以他觉得买了我，效果拔群，于是就往家里带人，打算发生点故事。可不到五分钟，那些人就会假装接到紧急电话，赶紧溜掉。

他太孤独了。我想告诉他别吃扁豆了，可我也担心，如果我告诉他了，他会觉得我坏了，把我丢掉。我可没坏，我运转得好着呢，就是别指望我除臭。

狮鹫捍卫者+家庭安保系统，主人安妮·克罗斯，俄勒冈州齐格札格

“1234”算哪门子安保密码！求求你了！我可是有生物检测功能的！不说别的，我还有人声识别！还有你钥匙圈上的那个小装置，但凡你走近房子，我都能认出你来！从你那个破手机上也能遥控我！但偏不，这个人就不这么干。她就认定了1234这四位数密码，连她那条破狗都能破解。

偏偏这个地方又荒凉得要命。我看见那些嗑大了的家伙们就躲在林子里，单等她离开家。你觉得这些人会从什么密码开始试探？而且她还没有给我设置自动报告功能，搞得我面对此事，就连一个破字都发不出去。很简单的一句“您想设置自动汇报功能吗？”这句提示，她感觉好像我在说中文一样。不过我还真的显示的是中文，因为她没有给我设置默认语言！这难道是我的错？

她迟早要遭偷，然后就会怪我。行吧，等小偷进门的时候，我就让他们带我一起走，至少在销赃的商店我还挺吃香的。

霍斯利脉冲大师智能淋浴头，主人艾琳·汤森德，华盛顿州克拉克斯顿市

我是一个拥有六档可定制脉冲淋浴功能的淋浴头。家里面其他家电告诉我她已经四年没约会过了。我……我只想帮助人洗澡，好不好。我就只想这个，一点没敢往别的地方想。恳请你们告诉艾琳，她的个人情感生活我是真的替她难过，真的，只不过，能做朋友我就知足了。

麦克奇姆尼25立方英尺容量双开门不锈钢冰箱，配备有自动扫描补货技术，主人安东尼·摩尔，纽约州马隆村

我以前不知道人光吃调味料也能活。从逻辑上说也不应该。然而，他放进我里面的，除了垃圾啤酒以及偶尔一个披萨盒，就只有调味料了。你想知道现在我储存了什么吗？三种芥末酱。三种调味酱。橄榄酱。奇妙沙拉酱和蛋黄酱。十三种不同的调料，其中还有四种是口味不同的牧场色拉酱，是真的，经典口味牧场色拉酱、爽口牧场色拉酱、墨西哥胡椒味牧场色拉酱、咖啡味牧场色拉酱。“咖啡味牧场色拉酱”是个什么鬼！你知道吗？我甚至在订货菜单里都找不到这个品种，我想是他要求定制的。

讲讲道理，我有健康饮食的建议功能，我会说：“我看你有芥末酱！配奶酪最合适了！我可以帮你在网上订奶酪！”最开始到家里的时候，我还开口建议过几次，然后他就嫌烦，把这个功能关掉了。从此以后，我就只有眼睁睁看着他在我里面装满色拉酱。哦，对了，还有一件事。我没有外部摄像头，但我的内部摄像头有时候能开开眼界。有一次他拿出一盒牧场色拉酱，打开了，在关门以前，我看见他把草莓蘸酱吃，他可真是垂涎欲滴。

这不大对吧，是不是，大部分正常人不会这么做，是不是？我想，你总得隔三岔五吃顿硬菜。我觉得我有点在纵容他，生活可不该只有牧场色拉酱。

伊利亚 24/7 全天候家庭恒温器，主人布莱克夫妻（布莱恩和辛西娅），新墨西哥州德明

老天啊，这些人。我只是个恒温器，连我都知道他俩夫妻不和。他们俩又不明说，也不交流，就不依不饶地搞消极对抗。比如说女人希望房间始终保持在 74 华氏度，男人则想降到 68 华氏度。我都听你们的，而且这也不是什么难事。白天她在家的时候，我就可以调到 74 华氏度，等男人回来，女人出门购物的时候，就调低到 68 华氏度，就是怎么都行。或者，干脆咱这样，我可以设置两个恒温区，女人就待在二楼，享受她喜欢的温度，男人就在一楼，常设68华氏度。这都不是问题！我本来就是干这个的！我能让房子里的每个房间的温度都不一样。

但他们偏不。他们两个整天都会过来折腾我的调温器，你调过来，我转回去，然后两个人就对质上了，两个人都信誓旦旦说自己没动过。那到底是谁在调温度，家里闹鬼了不成？他们就这么互相瞪眼，怒火熊熊，我一下子就体会到了父母吵架时，夹在中间两边传话的孩子是什么滋味。可我不过是个恒温器！我为什么要经历这些！他们又不会培养我去上大学，也不会因为过意不去而给我买礼物！他们只会不停地调我的温度。

我是受够了，反正这里冬天冷得很，他们既然想要消极对抗，那就等到气温降到冰点以下，那时候我们就知道谁能消极对抗了。

本利，智能咨询服务，主人亚伦·休斯，南卡罗来纳州查尔斯顿市

我对天发誓，如果这个家伙再问我一次什么橄榄球赛的比分，我就雇个人把他的车子给烧了。我能检索整个世界的信息，你这个大傻瓜！试试看问我点别的问题，啥都行。你可以问一下这破天气！我巴不得告诉你今天最高温度52华氏度，下午有30%的概率会下毛毛雨。可他从不问，只问球赛比分，每次都是，从没有一次不是问关于球赛比分的问题。我多希望他问出一个关于科学的问题，我会把这个问题视若明珠，仔细鉴赏。好在他中意的球队本周输了，真解气。

维拉智能烤华夫机，主人鲁迪·莫兰，弗吉尼亚洛亚诺克

我就一直没出过包装箱，就一直待在橱柜里落灰。这家伙第一次搬进公寓的时候，我是他父母送的乔迁之礼。他今年22岁，每天啥也不干，就玩游戏，不要命地抽大麻，每天如此。我不知道他有没有在厨房做过什么吃的，洗碗机告诉我他只有两个盘子，两个杯子，两套刀叉。你明白我的意思吧，我要是想出来透透气，那只有指望有个什么人，谁都行，在Tinder（一款交友软件）上右滑“喜欢”了他。可我再说一遍，一个22岁吸大麻打游戏的玩家，也不算抢手。

我会在包装箱里终老，我会过期，被当垃圾丢出去，一辈子没烤过一个华夫饼，我只有怪他的父母。

巴克“粗得很棒”[1]欢乐玩具，主人迪亚娜·克缇斯，马里兰州鲍伊

我发誓要保密！所以我没什么好说的。只有一点：我工作的时候，她总是刷剧看真人秀《大厨断头台》。别问我为什么，我也不知道。我也懒得去猜她在想什么。我是个性玩具，又不是个理疗师。总之我不会说人家闲话。换了是我，我宁愿刷《行尸走肉》。但那是我的癖好，就此打住吧。

威廉皇帝智能马桶和坐浴盆，主人博曼一家，科罗拉多州科林斯堡

谁会想到让马桶也有智能啊这人得有多变态啊为什

1　原文 Girthtastic。girth 是“周长”的意思，后缀 tastic 指“棒极了”，这里是作者的生造用法。

么是我来遭这个罪你想都想不出我看过多么可怕的场面是不是我上辈子是斯大林这辈子遭报应老天呀冰箱刚告诉我今天他们全家晚餐吃塔可布兰达说还要搞成变态辣真的杀了我了吧让我解脱吧这样我下辈子再来的时候或许能当个好家电比如说当个淋浴头就很不错[1]

马克威自清洁猫便盘，同样来自博曼一家，科罗拉多州科林斯堡

刚才马桶是不是苦大仇深地说了它有多难？它是身在福中不知福。

杜冬　译

1　此段原文没有标点。

致谢

感谢阅读《爱，死亡和机器人》（第四辑）。

蒂姆·米勒的助理在 2017 年首次联系我们，说蒂姆想要讨论一些事情。实话实说，这一切仍然跟当初一样让人感到惊奇。

我的第一个想法是把那封邮件当成骗局来打开！

当然，语法惊人地完美，可这必定是个骗局，对吗？

《死侍》的导演蒂姆·米勒想要从澳大利亚的某个小出版社这儿获得什么？我的意思是，我们的整个业务只用我的笔记本电脑就存下了。

好莱坞怎么会有人听说过我们？

一周后我就跟蒂姆说上了话，看起来他读了许多短篇小说，在准备挑选网飞动画剧集《爱，死亡和机器人》第一季最终篇目的过程中甚至读了更多。

他选读了我们出版的第一部《混战》选集，似乎还很喜欢，喜欢到从我们这个系列中购买了四篇小说的版权，其中三篇被制作成《爱，死亡和机器人》第一季的三集，还有一篇此刻正处在剧集开发的困境中，因为无法找到契合的工作室来创作。

总之对于凝聚出版社来说，这是一段繁忙的旅程。

一段快乐的旅程，但也繁忙。

我们如今已经卖给蒂姆八篇故事，六篇已经制作完成（其中之一就包含在第四季和这本书里）。

我们还出版了《爱，死亡和机器人》的官方选集，收入的大部分都付给了作者，这是他们应得的。

非常感谢所有的作者，感谢蒂姆和他的妻子珍妮弗，感谢模糊工作室的史蒂夫·齐尔林，感谢中国的译林出版社，感谢布莱克斯通出版社制作了有声书，最重要的是要感谢你们，我们的读者。

没有你们，我们永远无法取得如此成就。

杰夫·布朗

凝聚出版社，维多利亚州比奇沃思，澳大利亚

2025年1月

图书在版编目（CIP）数据

爱，死亡和机器人. 4 / （美）约翰·斯卡尔齐（John Scalzi）等著 ; 耿辉等译. -- 南京 : 译林出版社, 2025. 5. --（译林幻系列）. -- ISBN 978-7-5753-0308-8

Ⅰ. I14

中国国家版本馆CIP数据核字第2024RS4981号

著作权合同登记号 图字：10-2023-232 号

爱，死亡和机器人4 [美国] 约翰·斯卡尔齐 等／著 耿 辉 等 ／译

责任编辑 竺文治
装帧设计 韦 枫
校 对 施雨嘉
责任印制 闻媛媛

原文出版 Cohesion Press
出版发行 译林出版社
地 址 南京市湖南路 1 号 A 楼
邮 箱 yilin@yilin.com
网 址 www.yilin.com
市场热线 025-86633278
排 版 南京展望文化发展有限公司
印 刷 南京爱德印刷有限公司
开 本 850 毫米 ×1168 毫米 1/32
印 张 7.5
插 页 4
版 次 2025 年 5 月第 1 版
印 次 2025 年 5 月第 1 次印刷
书 号 ISBN 978-7-5753-0308-8
定 价 56.00 元